D1148520

Thomas B. Reverdy, né en 1974, est écrivain et professeur de lettres. *La Montée des eaux*, son premier roman, est publié en 2003. C'est le début d'une trilogie comprenant *Le Ciel pour mémoire* (2005) et *Les Derniers Feux* (2008, prix Valery-Larbaud). Il a reçu le Grand Prix de la Société des gens de Lettres en 2013 à l'occasion de la parution de *Les Évaporés — un roman japonais.*

DU MÊME AUTEUR

La Montée des eaux
Éditions du Seuil, 2003
et « Points », n° P2448

Le Ciel pour mémoire
Éditions du Seuil, 2005

Les Derniers Feux
Éditions du Seuil, 2008

Le Lycée de nos rêves
(avec Cyril Delhay)
Hachette, 2008

Collection irraisonnée de préfaces à des livres fétiches
(sous la dir. de, avec Martin Page)
Intervalles, 2009

Les Évaporés
Un roman japonais
Grand Prix de la Société des gens de Lettres
Flammarion, 2013

Thomas B. Reverdy

L'ENVERS DU MONDE

ROMAN

Éditions du Seuil

TEXTE INTÉGRAL

ISBN 978-2-7578-4158-7
(ISBN 978-2-02-103058-7, 1ʳᵉ publication)

© Éditions du Seuil, 2010

« Ainsi, devant le Ground Zero, dans les décombres de la puissance mondiale, nous ne pouvons que retrouver désespérément notre image. »

Jean Baudrillard, *Power Inferno*, Galilée, 2002

Première partie

PETE

Il faudrait une vie pour raconter une vie. Comment savoir à quel moment les choses ont commencé d'être ce qu'elles sont ? À quel moment les choses ont commencé tout court ?

En ce qui concerne Muhammad Sala, la seule certitude, c'est l'instant précis où elles ont fini.

Le chantier était un capharnaüm de grues, de poutres métalliques, de gravats, de dalles de béton, de canalisations et de tunnels abouchés au cratère comme béant en enfer, dans la chaleur étouffante d'août, au milieu des débris, des décombres ou ce qui apparaissait encore comme tel, simple enchevêtrement de matières et de machines, des hommes minuscules vêtus de gilets orange évoluant au milieu de tout ça selon des parcours compliqués, tortueux, gesticulant et criant des ordres, guidant les bulldozers et les pelleteuses, commandant aux bétonnières, aux foreuses, courant, grouillant, en ordre dispersé, mais en ordre, hermétique au profane, telle une fourmilière qui se recompose après qu'on a marché dessus, et c'est exactement ce qui s'était passé, deux ans plus tôt un énorme pied invisible avait foulé le sol de l'Amérique, il avait laissé une empreinte large comme un quartier entier. Un trou, si profond qu'on aurait dit que les tours s'étaient comme retournées dans le sol, un simple creux, mais qui était comme l'envers du monde. Et maintenant, il fallait reconstruire, redescendre en cet enfer et le redresser vers le ciel, dans la chaleur écrasante d'août.

Tout le cratère était en roche, couleur de sable et d'ocre avec des coulées brunes et c'était le seul endroit peut-être où l'on s'apercevait que Manhattan était bel et bien construit sur le sol, qu'il y avait quelque chose, la terre, sous son béton. Même le parc ne donnait pas cette impression, tracé au cordeau comme il l'était, prisonnier d'une ville immense, avec ses rues et ses tunnels, le parc semblait ajouté, après coup, son argile meuble et grasse comme amenée de loin. Ground Zero. Le niveau du sol. Parmi les grues il y avait des sortes de puits de forage, comme dans les champs de pétrole, avec un marteau gros comme un camion, au sommet, qui se balançait et dont la masse terrible actionnait un perforateur ou une pompe, cela faisait un bruit sourd, régulier, très profond, qu'on oubliait vite parce qu'il était omniprésent, les coups de boutoir d'un métronome souterrain, un bruit si fort pourtant si bas que ce n'était qu'une vibration, comme le battement du cœur quand on a les oreilles bouchées dans un effort violent. Le terrain était boueux ici, autour du derrick numéro 3, dangereux, protégé par des barrières de sécurité en bois peintes de couleurs vives, les rayures jaunes et noires des travaux. Les gilets fluo parlaient dans des talkies-walkies, ils portaient des casques antibruit. Ils arpentaient sans cesse. L'un d'eux s'arrêta.

Il regardait vers le puits, le remuement de terre boueuse plus sombre et plus lisse qu'alentour, faillit enjamber la barrière, se contenta de prendre appui dessus pour se pencher un peu plus. Il resta peut-être une minute ou deux à scruter, jusqu'à en être certain, il y avait là quelqu'un, un corps très loin, très bas, pas un de ces corps de l'attentat qui serait réapparu, celui-là portait un gilet orange, il faisait partie du chantier, bon sang il était difficile de savoir s'il remuait encore parce qu'il était secoué par la terre boueuse en mouvement perpétuel, il ne pouvait être que mort, il fallait s'en convaincre pour s'y préparer, le type alors s'est détourné de la barrière et s'est mis à courir en gueulant et en faisant de grands gestes. Il s'arrêta comme personne ne l'entendait, attrapa son talkie-walkie à deux mains et hurla dedans quelque chose en espagnol. Il fut bientôt rejoint par un autre plus gros, peut-être son chef d'équipe, qui reprit son souffle en marchant vers la zone dangereuse.

« Il y a un mec en bas, il est mort, c'est un gars à nous.

– Comment tu sais qu'il est mort ?

– Il est là, au fond.

– On ne le voit déjà presque plus.

– Il est mort.

– Il faut arrêter la pompe. »

Le gros type sembla réfléchir quelques instants. Le gilet orange disparaissait sous l'infatigable boue venue des profondeurs. Il s'est bien passé encore dix minutes. Des cris dans les talkies-walkies, d'un bout à l'autre du cratère vaste comme un quartier. Des contremaîtres, des agents de sécurité, des pompiers et puis des officiers de police, des ingénieurs, tout un attroupement et enfin le marteau qui ralentit, les chocs qui se font moins violents, le bruit qui s'immobilise.

13

L'homme avait un visage fin et creux, salement amoché par les pierres. Un badge où l'on pouvait encore déchiffrer son nom, Muhammad Sala, autrement pas de papiers, sans doute son portefeuille s'était perdu dans sa chute. Lorsque le lieutenant, sur place, demanda si quelqu'un le connaissait, personne ne répondit, les gars jetaient un coup d'œil au cadavre et regardaient par terre, hochaient la tête en signe que non, puis des coups de sifflet retentirent partout et le derrick se remit en route, doucement d'abord, et les gilets fluo se dispersèrent pour reprendre le travail.

Que sa mort fût l'aboutissement d'une semaine étrange ou de toute une époque, ou bien un simple accident – pourquoi pas ? –, c'est ce que conclut l'enquête officielle, ni ce matin-là ni plus tard, personne ne le reconnaîtrait, c'était comme s'il n'avait jamais existé.

Le gros Pete était entré dans le XXIe siècle comme un serpent qui mue, en abandonnant toute une vie derrière lui.

Il faisait partie de ces gens dont vous pouviez imaginer rien qu'en les voyant qu'ils n'ont pas toujours été comme ça. Ce n'est pas si courant. La plupart du temps, lorsque vous croisez quelqu'un pour la première fois, vous ne songez même pas qu'il pourrait être autrement puisque, justement, c'est lui, c'est machin, c'est tant pis ou tant mieux, mais c'est ainsi, c'est le gros Pete, dans un bar de Brooklyn à deux heures du matin et les yeux dans la bière. Pourtant cette fois vous ne pouvez pas vous empêcher de vous demander ce qui a bien pu clocher dans cette vie-là. Lui-même, il n'en sait rien, il serait bien en peine de le dire.

Quoi ! N'a-t-il pas toujours cette paire d'yeux francs et bleus qui s'arquent en tombant dans le gras de ses joues ? Il pourrait être boy-scout avec ce regard. D'ailleurs, il l'a été. Il est grand, le gros Pete, baraqué, athlétique, des mains tels des gants de base-ball qui se referment sur sa pinte. Il n'est pas menaçant : il est seul à sa table. Il boit de la Sixpoint parce que c'est la bière locale et qu'elle est rousse comme la serveuse,

Candice. Ambrée, c'est le terme approprié. Après tout, peut-être qu'on pourrait dire que Candice est ambrée, elle aussi. Ce n'est pas vraiment le genre de Pete, cette fille, mais c'est la seule dans toute la ville qui l'appelle par son prénom.

Il y a sa sœur aussi, ce n'est pas pareil, c'est sa sœur et puis elle n'est là que de passage, de temps en temps, elle est retournée vivre dans l'Oklahoma où elle a épousé un type qui était avec elle au lycée et qu'elle avait à peine remarqué, à l'époque, mais la vie est étrange et le monde est petit, c'est ce que répète sa sœur sans cesse. Pete n'est pas d'accord. Il avait rêvé d'un monde plus grand.

Parfois, il regarde Candice débarrasser les tables, circulant entre les chaises et les gens facilement comme si un chemin mystérieux s'ouvrait devant elle, imperceptible, elle sourit à tout le monde et se glisse partout, esquivant le moindre obstacle en se coulant dans l'air, il la regarde comme ses épaules bougent et s'effacent, comme son ventre se creuse, son dos se cambre lorsqu'elle se penche, ses hanches bondissent comme une chatte autour des angles des choses, il suit du regard ses bras jaillissant nus d'un débardeur trop large pour elle, les suit jusqu'à apercevoir son flanc et, partant de sous l'épaule, la ligne dessinant contre ses côtes la naissance musculeuse de ses seins, et c'est une simple rêverie qui le prend quand il l'observe ainsi, sans l'avoir décidé, sans réellement penser à elle, à sa poitrine, à ses bras nus, peut-être sans penser à rien, au bout d'un temps ses yeux bleus rougissent un peu et se plissent comme s'ils avaient honte, comme s'ils prenaient soudain conscience de ce qu'ils voyaient,

Candice, la seule fille de la ville à l'appeler par son prénom et qui n'est pourtant pas son genre.

La fraîcheur de la bière fait perler de petites gouttes condensées sur le verre. À chaque fois qu'il le lâche, Pete retrouve sa main luisante, moite, la glisse sous la table pour l'essuyer contre sa cuisse. Puis il effleure la poche plaquée, façon treillis militaire, de son large bermuda de toile beige, vérifie que le revolver ne la déforme pas trop, qu'il n'a pas bougé. Le canon enroulé dans un mouchoir et la crosse forment une bosse uniforme, comme un gros portefeuille. Il ne sait pas encore s'il va s'en servir. Il serait bien en peine de dire comment il en est arrivé là.

Il fait toujours chaud à New York l'été, mais cette année on avait battu des records. La nuit elle-même était tiède et moite en ville, la nuit n'offrait aucun répit, à part peut-être dans les parcs, où l'herbe, malgré tout, rejetait dans le fond de l'air une humidité qui passait pour de la fraîcheur. Mais dès le lever du soleil, c'était comme si on avait mis le four en marche, la température montait, montait jusqu'à dix, onze heures, et puis cela devenait uniformément insoutenable pour toute la journée. Plus de 40 degrés Celsius et jusqu'à 90 % d'humidité, même un cigare cubain s'y serait gâté. Vous pouviez à peine rentrer dans le métro tant la chaleur était suffocante, dehors vous vous sentiez écrasé. Le soleil éclatait partout, reflété à des dizaines d'exemplaires par la ville elle-même. Toutes les rues avaient un trottoir au sud. Toutes les rues avaient un ou deux buildings plus hauts que les autres qui vous renvoyaient tous ses soleils au visage.

La climatisation était branchée partout, portes et fenêtres fermées, gouttes vaporisées comme tombant d'invisibles pots de fleurs le long des façades d'immeubles. Le souffle coupé et de la sueur dans le dos dès que vous mettiez un pied dans la rue, et dès que vous rentriez quelque part, au contraire, la clim à fond, 20 degrés maximum, dans toutes les voitures, les rames de métro, les bus, les boutiques et les bureaux, au cinéma, dans les bars, les poils qui se dressent et les lentilles qui sèchent sur place, les vêtements qui se glacent aux endroits où ils collent au corps par la transpiration. Mal à la tête après une heure dehors, plus d'appétit, vaguement nauséeux comme une menace d'insolation et, en poussant une porte, soudain, l'impression d'avoir la gorge étranglée par l'hiver, quelques éternuements, l'angine qui n'est probablement pas bien loin. Il fallait choisir son mal et s'y tenir. Même la nuit, tiède et moite, n'offrait aucun répit.

Pete réussit à capter le regard de Candice alors qu'elle se faufilait entre les tables pour ramasser les verres vides. Il ne sut pas s'il recommanda une pinte pour se donner une occasion de lui parler, une certitude de la revoir bientôt lui amener sa Sixpoint, ou si ce fut parce qu'il avait réellement soif. Il faisait si chaud. C'était vraiment le jour le plus brûlant de toute la semaine. On était un jeudi soir et c'était la veille de la découverte du corps, au chantier.

« Tu as les cheveux de la même couleur que cette bière, Candice.

– Oui, je suppose que c'est un compliment. Mais tu sais ce qu'on dit, Pete, "avec modération".

– N'empêche, tu as les cheveux ambrés.

– C'est parce que je suis de Brooklyn, moi aussi. »

Pete n'était pas de Brooklyn, il n'était même pas de New York. Il avait été policier, ici, pendant une quinzaine d'années. Il avait vu la ville changer, et drôlement, comme si tout le monde avait fait une cure de désintoxication, les immeubles compris. Une *rehab* générale, c'est le même mot pour dire cure et rénovation. La lutte contre la mafia avait été le cheval de bataille du procureur Giuliani lorsqu'il était devenu maire, et pour éradiquer le crime il fallait lutter contre la pauvreté et l'oisiveté qui y mènent tout droit, c'étaient des hommes comme Pete qui s'étaient chargés du sale boulot, nettoyer Manhattan, c'est ce qu'ils avaient fait, mais ce ne sont pas eux qui en profitèrent, ensuite les promoteurs ont fait en sorte que la gangrène ne puisse pas revenir, ils ont fini le travail jusqu'aux clodos et aux vieux sans doute, puisqu'on n'en voit plus. East Village s'est mis à ressembler à Notting Hill, et Pete a déménagé à Brooklyn. Et puis il y a eu le 11 Septembre.

Malgré la cellule psychologique et les groupes de parole, les antidépresseurs et le club de gym de la police, il avait sombré petit à petit. Un avertissement puis une mise à pied, des retards répétés, des erreurs dans les dossiers, un deuxième avertissement et puis finalement cette négociation bizarre, une retraite anticipée de misère et un coup de pouce du bureau du maire pour obtenir ce job à mi-temps, faire visiter Ground Zero aux touristes, en qualité de victime et d'ancien héros. Ancien héros, est-ce que ça existe, ça, comme catégorie, est-ce qu'on ne l'est pas une fois pour toutes ?

Le Winter Garden était en apparence un havre de paix et une petite merveille d'architecture. La douzaine de palmiers installés sous la verrière, plus fins que les poutres d'acier de la structure, donnait la seule mesure appréciable de sa démesure. De loin, ils paraissaient petits et frêles, un peu déplumés, perdus et bêtement alignés. C'est en s'approchant qu'on prenait conscience que c'étaient des palmiers tout à fait normaux, des arbres de quinze à vingt mètres de haut, et l'on avait soudain l'impression de rapetisser soi-même. Le hall alors se déployait au-dessus des têtes, avec sa vue sur l'Hudson et ses nuages, il s'épanouissait sous les regards ahuris et les nez en l'air des touristes, gigantesque, cyclopéen, pourtant ce n'était qu'un hall, il ne servait qu'à passer d'un bâtiment à l'autre du Financial Center et, le midi, à s'asseoir entre Lilliputiens autour des minuscules tables rondes en aluminium, avec une salade ou un *burger*.

Il servait aussi d'accès à la seule galerie publique qui offrît une vue imprenable sur le chantier. Là, en haut de l'immense escalier plaqué marbre, surplombant la circulation inlassable de la neuvième avenue, on pouvait découvrir, accoudé à une balustrade comme au pont d'un cargo, mais le front collé à une vitre épaisse, peut-être légèrement bleutée, on pouvait voir soudain en sautant d'un regard au-dessus des voitures et des palissades de bois, au-dessus des grillages surmontés de barbelés, derrière les premières grues et les baraques d'ouvriers, au milieu de pans indéchiffrables de béton flanqués en quinconce, on pouvait plonger, d'un coup, par-delà le verre épais comme on sauterait d'un bateau dans la tempête, on tombait dessus et il n'y avait rien à voir : un trou.

C'est ici que le gros Pete terminait sa visite guidée. Le mémorial plein de noms, la caserne des pompiers où il serrait des mains, où les filles de la campagne se faisaient prendre en photo devant le gros camion rouge, la passerelle des victimes et son silence noir, défense d'afficher et, enfin, la galerie du Winter Garden.

Il y était lorsqu'on a découvert le corps. Il savait que ce n'était pas une panne ou un accident ordinaire. Le balancier qui activait la pompe s'était arrêté de cogner, au derrick numéro 3. Il était resté à observer la scène, bien après que les derniers touristes lui eurent laissé le pourboire qui arrondissait sa retraite. Il tripotait les billets roulés dans sa poche, debout, il voyait son reflet bleuté dans la vitre à quelques centimètres de lui et, près de ses yeux dans le gras des joues, loin derrière comme une image de rêve, les hommes qui courent et se regroupent autour du sac noir en caoutchouc qu'on finit par refermer entièrement, avant de le déposer sur un brancard, de le faire glisser à l'arrière de l'ambulance, il est mort, quelque part entre les grues qui se remettent en branle les yeux de Pete rougissent et puis il se détourne. Il sait qu'il est mort. L'inspecteur viendra l'interroger, cette semaine. Ce n'est qu'une affaire de temps. Deux ou trois jours, peut-être. Peut-être un peu plus à cause du week-end.

Le vent rend la sueur presque froide comme il file sur Lincoln et, de là, sur Flatbush, uniquement par les rues qui descendent et donnent l'impression de voler, presque totalement silencieux comme une chouette, accompagné seulement du frottement des roues sur l'asphalte, laissant le parc au sud. Au loin, on dirait la mer, un vrai port et ses entrepôts de tôle tels des containers géants et disparates, pourtant ce n'est que l'East River, derrière on aperçoit déjà Manhattan et son grand corps transpercé d'acier qui barre l'horizon. La roue libre, au plus fort de la descente, lorsque ça ne sert plus à rien de pédaler dans le vide, fait entendre soudain de façon continue son zézaiement mécanique au milieu des appels d'air réguliers des véhicules garés et des poteaux – toutes les demi-secondes c'est comme un bouchon d'oreille qui saute. La sueur se glace. Les yeux se figent en plissant, pleurant sur les côtés des larmes chassées par la vitesse et le vent. Le corps se tasse. Le cœur seul accélère encore un peu, à chaque carrefour, au moment de recevoir dans les avant-bras et les genoux le choc de la rue qui s'aplatit de nouveau et ne laisse pas une grande marge de manœuvre pour se glisser entre les quelques voitures de l'aube, être loin déjà quand elles pousseront leurs cris de klaxon – de toute façon, personne n'aurait pu freiner.

Des gens se figent sur les trottoirs, leurs yeux s'écarquillent et leur bouche s'ouvre, mais ils n'ont pas le temps de crier non plus. Ils restent là comme des poissons stupéfaits qui auraient vu passer un requin devant leur aquarium.

Il a toujours des larmes figées sur les tempes, la sueur froide. Il commence à ralentir, obligé de pédaler de nouveau, oblique : Fulton, Adams, et puis les toits disparaissent, les immeubles rapetissent, soudain on est dans ce quartier d'usines qu'on avait aperçu d'en haut, la route s'élargit et il faut emprunter la piste cyclable au milieu de tous les gens connards et sportifs qui vont au boulot en chantant. On dirait une rampe de lancement, tout droit vers la première arche sombre du Brooklyn Bridge – dans sa gueule ouverte les tours de Manhattan scintillent encore ou déjà des fenêtres éclairées des bureaux. La rivière est grise et l'horizon pâle comme la mort, pourtant le monde se réveille. À moins de trois kilomètres, légèrement au sud caché dans les petites rues mal foutues du quartier des finances, le chantier de Ground Zero se remet en branle comme tous les jours. Bientôt, la chaleur sera suffocante.

Les faits mentent, les faits n'ont rien à dire, mais les faits nous aveuglent sans cesse. Les chiffres d'abord : 19 pirates, 2 973 morts, 24 disparus, le numéro des vols comme si on appelait les vols par leur numéro, AA11, UA175, les numéros des tours, WTC1, WTC2, WTC7, les heures aussi, comme dans une série télévisée filmée en temps réel, 8 h 46, 9 h 03 pour les impacts, 9 h 50, 10 h 29 pour les effondrements, mais c'est dans l'ordre inverse, la tour sud d'abord, et alors ? Moins de deux heures, pour changer de siècle et de monde, peu importe le timing précis des événements. Deux heures, et les jours qui suivent, passés devant la télé, Simon était à Paris, pour lui c'était arrivé l'après-midi.

Dans son appartement du Lower East Side, deux ans plus tard, il passait de longs moments assis dans le sofa, sous la fenêtre qui couvrait toute la largeur de la pièce. Sur la table basse devant lui s'étalaient livres et magazines, notes, manuscrits, articles de journaux découpés, il y en avait autant dans l'autre pièce, sa chambre qui était aussi son bureau. Il avait mis un temps fou à accumuler toute cette documentation qu'il ne regardait presque plus. Seulement, de temps en temps, pour vérifier un détail. Tous ces kilomètres de discours, à propos des attentats. Il s'était lancé dans ce projet de roman pour payer une espèce de dette, c'était une façon de se sentir un peu américain, mais cela aussi c'était une illusion, plus il vivait ici et plus il se sentait français. Il lui fallait des personnages, des gens, et les gens à commencer par lui ne savaient pas quoi en penser, des attentats.

Parmi les faits, il y a eu les images. Pendant des semaines, l'impression qu'une nouvelle catastrophe arrivait à chaque fois qu'on rediffusait le film, le temps d'à peine une seconde, reconnaître les tours, la fumée blanche, la fumée noire de l'autre déjà touchée, « Ah non, c'est le World Trade, c'est les Twins, c'est l'attentat, le 11 Septembre, ce n'est pas en train d'arriver encore », le temps de s'habituer en somme.

Les images ont été aveuglantes, il n'y avait rien à en tirer. Sous différents angles, agrandies malgré le bruit numérique, ralenties jusqu'à voir les boules de feu qui se forment et font exploser plusieurs étages de bureaux, d'ordinateurs, de chaises, de portes et de gens, les désintègrent et les projettent sous forme de débris à trois ou quatre cents mètres de la tour. On n'a pas retrouvé plus de sept fragments d'os par personne, et ils mesuraient moins de deux centimètres. Pulvérisés, littéralement, réduits en poudre et soufflés, comme de la farine au creux de la main.

On n'a pas vu tout de suite les types qui sautent, piégés dans les étages supérieurs. Certains ont essayé de monter sur le toit en espérant une évacuation par hélicoptère, mais ils ont trouvé porte close. Environ deux cents ont préféré sauter. Même cela, ça ne veut rien dire. C'est juste un fait, encore un chiffre. Toutes les vitres ont volé en éclats sur cent trente mètres.

À cause du kérosène et des incendies qui ont parcouru les espaces vides en un éclair, l'oxygène s'est raréfié, la fumée est devenue noire, complètement opaque, hypertoxique. Les gens ont sauté parce qu'ils avaient les poumons en feu, ils ont sauté parce que la douleur physique était insupportable. La peur ni le désespoir ne rendent deux cents collègues suicidaires en un quart d'heure.

D'ailleurs, on n'en a vu qu'un, et même cette photo-là, qui mettait soudain quelqu'un, fût-il anonyme, sur cette abstraction des deux cents, eh bien ce n'était encore qu'une image, qui nous renvoyait à d'autres, celles de la crise de 29, c'était l'image d'une image, et d'ailleurs, dans le souvenir de Simon, elle était en noir et blanc. Ça ne disait rien de précis ou d'intelligible. Ça réveillait la terreur. C'était comme si la médiatisation faisait partie du crime.

D'une centaine d'étages, un corps met à peu près six secondes à s'écraser, en chute libre. Qu'est-ce que ça voulait dire ?

Il était quinze heures et il faisait beau, à Paris aussi. Simon ne travaillait pas ce jour-là, un mardi. Il était français et écrivain. Vivait en publiant des articles, en traduisant des essais, en animant des ateliers d'écriture à la fac, prof au semestre, payé en vacations. Il a entendu l'information à la radio et a allumé le poste de télé tout de suite. Bizarrement, lorsqu'il a vu le deuxième avion s'encastrer dans la tour, il a regardé par la fenêtre. Le ciel était bleu, la rue calme. Les gens marchaient normalement, les voitures ne s'étaient pas arrêtées. Le bruit s'est diffusé petit à petit, comme une rumeur, jusqu'aux journaux du soir, mais la rue n'a pas changé, à Paris. Pendant plusieurs jours. Puis on a entendu parler de Ben Laden et on a montré sa photo. D'une certaine manière il ressemblait à Massoud qui venait de se faire assassiner, deux jours plus tôt, c'est ce que se dit Simon qui ne sut pas trop ce qu'il fallait en penser, on n'écrit pas l'histoire avec des jeux de ressemblances. D'ailleurs, il ressemblait à n'importe quel hippie barbu un peu maigre, Jésus, Che Guevara, aussi. Il y eut des tracts anti-américains et des graffitis antisémites devant la fac, vite effacés. Tous les matins le type de la mairie arrivait avec sa camionnette qu'il garait en épi sur le trottoir, aspergeait le tag de solvant, attendait qu'il se mette à dégouliner, un peu comme de la peinture fraîche, avant de sortir un Kärcher et de l'effacer avec une facilité déconcertante, dans une odeur épouvantable de white-spirit que le vent dispersait jusqu'au bout de la rue. Après une semaine le mur était parsemé de rectangles clairs de pierre propre, et puis les tags cessèrent, se découragèrent. Certains étudiants s'étaient levés et avaient quitté son cours lorsque Simon avait fait respecter une minute de silence, et il fut convoqué chez le doyen, lui-même absolument désolé de cette réaction et des plaintes qu'il avait reçues, mais ne pouvant l'assurer que de sa sollicitude et du soutien très abstrait de l'institution. Quand il obtint son programme d'échange avec NYU, pour animer un séminaire d'atelier d'écriture, parce qu'un de ses romans venait d'être traduit aux États-Unis, certains de ses collègues eux-mêmes se mirent à l'appeler l'Américain.

Pourtant, il faisait beau et la rue ne changeait pas, pulls colorés et blousons légers qui baguenaudaient à toute heure, faisaient les boutiques ou flânaient, indifférents. Tout le monde avait sa petite idée. La nouvelle et la terreur s'étaient diffusées comme une onde de choc, mais elles avaient frappé chacun individuellement. Solitairement, si ça peut se dire. Dans le fond, ça ne faisait que nourrir le discours sur la guerre, l'impérialisme, le tiers-mondisme, l'islam, l'intégrisme, le terro-risme, le libéralisme, sur tout, le discours des pro et des anti, comme s'il ne s'était rien passé, comme s'il ne se passait jamais rien.

Arrivant à New York, la seule chose qui restait de toutes ces images, le souvenir qui obsédait Simon, c'était le bleu du ciel sur lequel se découpaient la fumée blanche et la fumée noire. C'était un ciel exceptionnel, comme on doit en connaître une quinzaine par an, un ciel si bleu, comme un azur de faïence, un Klein, parfaitement égal. C'était arrivé par une journée magnifique.

Son atelier d'écriture attirait quelques étudiants qui n'étaient pas bons en sport ou qui pensaient avoir une sorte de disposition pour l'art. Plus rarement, certains avaient même lu un de ses livres. Les échanges y étaient assez libres, car le module ne comptait pas dans l'obtention du diplôme. Il avait pensé que cela pourrait l'aider, dans l'écriture de son roman, mais les discussions ne produisaient pas grand-chose. C'était l'époque de la première campagne d'Afghanistan. La CIA avait formé Ben Laden. La CIA s'était servie de l'islam contre les Russes. *Mujahideen* voulait dire «combattants de la liberté». Les talibans étaient devenus des gardiens de la foi. Qu'est-ce que cela signifiait? Il parlait de guerre froide et ses étudiants de choc des civilisations. Il lisait le monde comme un livre, d'ouest en est, et ses élèves le dévisageaient comme une chose, du nord au sud. Cela ne menait nulle part.

Il lui fallait des personnages, des gens, et les gens ne servaient qu'à poser des questions.

Il avait suivi un groupe de parole. Des victimes du 11 Septembre, des familles de victimes. C'était un groupe de son quartier et les gens le connaissaient. Ils avaient accepté sa présence. Je suis écrivain, je voudrais faire un livre là-dessus, mais je ne suis pas une victime. Je voudrais juste vous écouter, pour apprendre, pour essayer de comprendre. Ils l'appelaient le Français et ça leur plaisait, qu'un Français se sente proche de leur douleur américaine. Il avait noirci des carnets de notes. Il se souvenait des noms, de chacun d'eux, il les croisait encore parfois dans la rue.

Tout cela s'étalait sur sa table basse et son bureau, dans des chemises de couleurs différentes. « Témoignages », « Articles », « Recherches blog », « Wiki et Britannica », « Groupe » et « Récits », « Atelier 2002 », « Portraits ». Il travaillait à son ordinateur toute la matinée. Se levait pour ouvrir un dossier, le feuilletait, il les connaissait presque par cœur, pas au mot près, mais quand il cherchait une information il savait toujours où la trouver. Il ouvrait d'autres dossiers. Il consultait encore et encore Internet. Le problème n'était plus de trouver une information, c'était de savoir ce qu'il désirait chercher. Il éteignait la radio, essayait de mettre un disque, une musique qu'il connaissait, qui ne le dérangerait pas. Mais il finissait par éteindre aussi le lecteur de compacts. Il avait du mal à se concentrer. Il quittait son ordinateur et passait de longs moments dans le sofa, à écouter les bruits de la rue. Régulièrement, dans le lointain passaient des sirènes.

Bryant Park était une longue pelouse plantée de quelques arbres, traversée de chemins et semée d'une multitude de tables et de chaises métalliques, juste devant la bibliothèque dont le bar chic, en terrasse, était réservé presque tous les jours pour des *brunches* par des chaînes de télé. À deux pas de Times Square, de Port Authority et quelques rues seulement au sud du Rockefeller Center, c'était pas loin de douze lignes de métro qui menaient ici, de tous les coins de la ville, une foule immense de travailleurs ou de badauds venus remonter la cinquième. Candice portait un de ses innombrables débardeurs trop grands. Elle en entortillait les bretelles sur ses épaules pour ne pas qu'il bâille, ou peut-être juste par habitude. Il y avait une buvette, côté pelouse, et des bars à l'angle de la sixième, des deux côtés du parc, proposaient depuis l'été précédent des salades à composer soi-même avec des légumes «de la ferme», des boissons énergisantes et des parts de pizza. Ce fut pizza. Elles s'installèrent à l'ombre, son amie Juliet avait déjà ôté sa veste de tailleur et déballé son mélange d'endives et de quartiers de pomme granny, sauce allégée au citron, jus de canneberge et une autre pomme, celle-là toute rose comme un bonbon, en guise de dessert.

« Je vais courir à Central Park. Tout à l'heure je n'ai pas pu monter te chercher à ton bureau. Ils sont dingues à la réception. Le type me voit toutes les semaines.

– Il faut laisser une pièce d'identité et signer le registre. Nouvelles mesures de sécurité. Le Rockefeller est stratégique, paraît-il. Ils ont décrété un périmètre de sécurité, autour.

– Ça continue.

– Oui. Avec la guerre, ça n'arrête plus. Et ton Yougoslave de l'autre soir, chez Toni ? »

Candice aurait voulu le lui décrire, mais la première chose qui lui vint à l'esprit, ce fut qu'il était grand, et aussitôt elle pensa « comme Gregg » et « brun comme lui », avec des sourcils larges et réguliers, presque droits, des rides aux coins et sous les yeux, pas de cernes vraiment, mais déjà de fines rides qui se dispersent en croisillons dans sa peau comme sur le ventre doux d'un lézard, et elle pensa de nouveau « comme Gregg, quand il riait ». Son regard se perdit sous les arbres de Bryant Park, erra sur la pelouse, sous l'horizon de pierre de l'imposante bibliothèque. C'était il y a une semaine. Il l'avait raccompagnée mais elle ne lui avait pas proposé de rentrer. Elle avait tout de suite remarqué la ressemblance. Ne lui avait rien dit, bien sûr. Deux ans. Candice avait l'impression d'avoir un périmètre de sécurité, elle aussi. La pelouse était d'un vert vibrant. Juliet se pencha, s'apprêta à reposer sa question.

« Français. Je crois. Je n'ai que son numéro de téléphone.

– Appelle-le.

– Impossible, je ne me souviens pas de son prénom.

– Appelle-le.

– Juliet…

– Tu veux que je l'appelle pour toi ? De toute façon il ne connaît pas ta voix au téléphone.

– Arrête de déconner. Juliet, il y a un type qui est mort, à Ground Zero, ce matin. Je crois que c'est un meurtre.

– Et comment sais-tu que c'est un meurtre ?

– Tu sais, j'avais attendu Gregg toute la journée. Je n'osais plus sortir de chez nous. Même les jours d'après.

– Je sais, Candice. Mais ce n'était pas Gregg, là, sur Ground Zero. C'était sans doute un accident, avec un ouvrier, ça arrive parfois.

– Ils n'ont jamais retrouvé son corps.

– Oh, Candice…

– Il était allongé, je l'ai vu de loin entre les planches de la palissade, parce qu'il y avait des gens qui regardaient et je me suis arrêtée aussi. J'ai pensé, tu sais, aux corps qui remontent dans les glaciers, des années après. J'ai vu ça aux infos, une fois.

– Je suis désolée. Je ne sais pas ce que ça fait. Tu ne devrais plus passer par là.

– Je l'ai tellement imaginé. Si ça avait été autorisé, je crois que je serais allée aider les secours. J'aurais gratté, Juliet, j'aurais pu passer des jours à remuer toute cette merde, avec mes ongles si on ne m'avait pas filé de pelle. Parfois je me dis que j'aurais peut-être retrouvé quelque chose, moi, parce que je le connaissais, Juliet, je le connaissais par cœur, tu comprends, ses mains, ses pieds, sa poitrine, moi j'aurais sûrement retrouvé quelque chose. Ils m'ont rapporté des conneries, des objets minuscules, des mois plus tard. Mais moi je crois que j'aurais pu. Alors, quand j'ai vu ce type, ce matin…

– Je suis désolée.

– Je l'ai reconnu.

– Comment ça ?

– C'est un gars qui est passé au bar, la semaine dernière. Il y a eu un problème. C'est pour ça que je crois que c'est un meurtre.

– Ne te mêle pas de ça, Candice. Et puis tu n'en sais rien du tout.

– Quoi d'autre, sur Ground Zero, pourtant ? Quoi d'autre, en Enfer ? Oh, Juliet, je l'ai tellement imaginé qui revenait à la maison. »

Pour une raison qui échappait à tout le monde et qui tenait à la «nature» du lieu, toutes les enquêtes policières impliquant le site de Ground Zero étaient confiées au FBI. Le Bureau supervisait une multitude d'agences gouvernementales, chacune spécialisée dans un type de crime ou de criminel. Il y avait une cellule antiterroriste à New York, comme dans la plupart des grandes villes, et, bien sûr, c'est elle qui s'occupait de la sécurité du chantier, en cas de problème, en boudant et en traînant des pieds parce qu'il était établi depuis longtemps qu'il n'y aurait pas de nouvel attentat au milieu des décombres. Le commandant O'Malley tentait de motiver tant bien que mal son équipe qui l'inondait de rapports et de conclusions d'enquêtes visant, chaque fois, à requalifier les délits pour les transférer à la police de New York ou à l'agence qui s'occupait des constructions. Il y avait déjà eu plusieurs accidents mortels, des intrusions, quelques dégradations et une affaire de *deal*, et tout avait été classé sans suite. Lorsque le corps de Muhammad Sala fut découvert, les hommes de la cellule de New York n'en trouvèrent nulle trace dans leurs fichiers. À midi, au bout d'une demi-heure de recherches, ils conseillèrent à leur chef de transférer à l'immigration. Mais le commandant O'Malley était un homme honnête et entêté qui cherchait à faire son boulot, fût-il absurde.

Il arriva sur le chantier avec deux de ses inspecteurs à l'heure du déjeuner. Les ouvriers prenaient leur pause par quarts, à l'ombre quasi inexistante des Algeco, la salopette ouverte jusqu'à la taille sur des tee-shirts assombris de sueur, de la poussière sur le visage, rayée de rigoles courant le long des rides et sur les joues comme un maquillage en train de fondre au soleil, et, sur le front, la marque nette du casque qu'ils avaient ôté. Ils répondaient pour la plupart en espagnol qu'ils ne savaient rien.

O'Malley connaissait la musique. C'était un gros chantier, mais tout était sous-traité à d'innombrables petites entreprises qui employaient un bon tiers de clandestins. Sans l'immigration sauvage et le travail au noir, la *skyline* de Manhattan compterait quinze ou vingt étages de moins et la ville serait peut-être en faillite.

Il interrogea tous les témoins qui n'avaient rien vu, les pompiers qui avaient dégagé le corps, qui expliquèrent de long en large où ils avaient fixé le treuil et la poulie de rappel pour le harnais de sauvetage, comment ils avaient dû lutter pour l'extraire de la boue brassée par la pompe comme un énorme et inlassable pétrin qui fonctionnait jour et nuit, parce qu'on était près de l'Hudson et que la flotte s'infiltrait en permanence dans les fondations. D'après eux, le corps n'était pas là depuis très longtemps, sinon il aurait été complètement englouti.

« À l'ouverture du chantier ?

– Ou un peu avant, je dirais. Autour de l'aube.

– Entre chien et loup. »

Le long des Algeco, dans l'ombre mince du début d'après-midi, les ouvriers assis sur leur casque ne parlaient pas entre eux, ils se tenaient simplement là, en rang d'oignons, adossés aux préfas, mastiquant leur sandwich, torse nu ou en tee-shirt sale, la salopette ouverte bâillant autour d'eux comme une robe abandonnée. Parfois un autre arrivait, la démarche lente, les bras luisant de la chaleur et de l'effort, un qui venait du chantier pour prendre sa pause, et, tout au long de la ligne, disparaissant dans l'ombre mince, il saluait chacun, à tour de rôle, d'une claque dans la main et sur le poing, sans autre parole, comme s'il faisait la revue de ses troupes, avant de s'asseoir en bout de file, chaque chose en ordre et à sa place. On aurait dit une cour de prison à l'heure de la promenade.

Le garçon avait une énorme chaîne autour du cou, dont on se sert pour fermer les portes grillagées des parkings et qu'il utilisa pour accrocher le cadre de son vélo à l'angle de Vesey à présent fermée, sous les échafaudages de la passerelle provisoire qui rejoignait le Financial Center. Puis il entra dans le chantier par l'accès nord. Au sud, il y avait une pléiade de flics en gilet jaune qui réglaient la circulation comme un ballet, huit ou neuf, qui se déplaçaient en ligne, bloquant alternativement Church Street et Liberty, faisant des blagues aux touristes et mimant des majorettes au défilé. Des pancartes «Amuse-toi bien», «Profite de ton séjour à NYC» et «Visite nos boutiques» flottaient mollement à côté de la bannière étoilée, au sommet de la palissade en tôle qui cachait la misère des lieux, la grande blessure de l'Amérique, Ground Zero qui nous avait déjà valu deux guerres.

Il s'approcha d'hommes qui le connaissaient et l'accueillirent par une accolade. Il était jeune, un adolescent encore. De son sweat-shirt coupé aux manches sortaient des épaules et des bras tatoués qui sentaient la fonte et les amphétamines. Il chercha quelque chose dans la poche arrière de son pantalon, une enveloppe ouverte, pliée en deux, il distribua des billets en échangeant quelques mots, réitéra pour chacun ses accolades avant de repartir comme il était venu.

Les travailleurs arrivaient en flots et se dispersaient par petits groupes pour rejoindre leur équipe et leur poste, les moteurs des grues et des camions se remettaient à faire vibrer l'air de leur toux ronflante, c'était l'heure de recommencer la même journée exténuante que la veille et les jours d'avant. La lumière était déjà blanche et le chantier trop vaste pour qu'aucun immeuble alentour y fît de l'ombre.

Et le garçon disparut.

Il y a tous ces gens qui viennent ici tous les jours, je ne parle pas des touristes, ceux-là je les connais bien, je leur fais la visite, je parle de tous ceux qui passent là tous les jours, des milliers, peut-être des dizaines de milliers de gens que je ne vois pas, qui ne me voient pas, qui ne font que passer par là, tous ceux qui travaillent à Wall Street, les types qui font des millions de dollars par an ou peut-être plus, qui se trimballent des costumes dont le prix ne correspond qu'au fait qu'il y a une poignée de mecs comme eux qui peuvent se les payer, et puis tous les autres, ceux qui vont passer une partie de leur journée à faire les boutiques, les milliers qui rentrent quotidiennement à 21st Century comme s'ils ne travaillaient pas, les nanas fringuées de façon pas possible, c'est-à-dire presque pas fringuées, je veux bien qu'il fasse chaud, une chaleur de dingue, insupportable – mais les filles qui se promènent dans la rue comme si c'était un podium pour la parade des bikinis !, et puis même, je veux dire tous ces gens, pas seulement ceux qu'on peut remarquer parce qu'ils bougent ou qu'ils regardent les autres comme s'ils étaient derrière un écran de télé, mais tous les gens, la vendeuse qui vient là juste parce que c'est son boulot, la mémé qui se demande combien de temps encore elle va pouvoir tenir sans tomber malade et partir à l'hospice public dans le New Jersey, le type en jogging qui court jusqu'à Battery Park, tout rouge ou tout bleu, et qui s'éclate en faisant du sport pour évacuer le stress du boulot et rentrer chez lui plus calme, lessivé, le livreur, celui qui conduit le camion UPS, les employés de la mairie qui marchent un peu autour du City Hall en digérant leur *burger* pendant la pause, les femmes qui sortent de Saint Paul ou de Trinity après la messe du soir, tout le monde, tous ceux qui passent là tous les jours, qu'est-ce qu'ils voient ?

Ils débarquent de tous les coins sans se donner le mot, juste parce que c'est leur trajet, que leur vie passe ici aujourd'hui, ils arrivent de Fulton, Ann, Dey, Cortland ou Liberty, de Greenwich ou de Washington, ils descendent de West Broadway au milieu des soldeurs de jeans et de Converse, même ceux en bagnole sur West Street, à un moment tout à coup c'est là, c'est devant eux – qu'est-ce qu'ils voient ?

La palissade en tôle et le sommet des grues comme un théâtre de marionnettes. Derrière, ils savent ce qu'il y a. Ils étaient là, l'instant d'avant, avec leurs pensées quotidiennes, leur programme de la journée, les trucs à faire, les gens à voir, les soucis du job et les petites consolations de la soirée, la perspective d'une bière ou d'un coup de fil, la carte de crédit du mois dernier qui a encore un peu de place pour une jupe ou un tee-shirt, ils étaient tranquilles ou anxieux, mais c'était normal, c'était leur vie, ça peut pas toujours aller comme on veut, on fait avec et, grosso modo, ça ne va jamais si mal que ça non plus et il y a toujours pire, alors ils étaient pépères malgré tout dans leur vie qui les a promenés par ici, et puis soudain ils voient la palissade et, aux jointures des plaques de tôle, à travers le grillage, le temps d'un clin d'œil, le chantier, le béton armé avec les structures de fer qui dépassent comme des fractures ouvertes, le trou, la terre à vif, le niveau du sol qui s'effondre. Qu'est-ce qu'ils pensent ?

Ils continuent à marcher au même rythme, il y en a très peu qui s'arrêtent, c'est un peu le bordel parce qu'il n'y a plus qu'un seul trottoir, mais ils sont pressés par leurs pensées quotidiennes, c'est la vie qui veut ça. Un trou dans le grillage, un deuxième, trop de pompiers, trop de flics toujours là avec leur gilet fluo, le drapeau, et ça dure comme ça du sud au nord sur quatre blocs, c'est long, c'est grand comme un quartier. À un moment c'est impossible qu'ils n'y pensent pas – qu'est-ce qu'ils pensent ?

Je vais vous dire, moi, ce que ça me fait. Et pourtant, j'y bosse tous les jours. Je suis comme tous ces gens qui sont là juste parce que c'est leur chemin. Il n'y a pas une fois où je n'y ai pas pensé, et que je regarde ou non, même quand je me force, ça n'y change rien.

À chaque fois, pendant un court instant, je ne saurais pas dire, c'est la mort. La mort me saute au visage comme un diable à ressort quand j'avais cinq ans. Cependant, il n'y a rien, rien à voir – des pierres, des ouvriers, des machines –, rien qu'un trou. Mais c'est cela la mort, n'est-ce pas ? – Un vide, une absence qui dure.

J'étais là quand c'est arrivé, je faisais partie des équipes envoyées en renfort à la tour nord, mais ce n'est pas ce que j'ai vu alors qui me saute aux pensées comme un diable. Ce ne sont pas les corps, les cris, la poussière – je me souviens surtout de la poussière comme les cendres chaudes d'un volcan, la poussière sur les visages de tout le monde, comme un voile, la poussière qui faisait une croûte de talc sur le sang luisant et noir, mais ce ne sont pas des souvenirs qui me viennent. Ceux-là, il faut que je les réveille le matin comme on gratte les croûtes de ses blessures, car ils me font mal. Non. C'est à cause du vide, parce que c'est la mort. L'imagination de la mort. C'est rien du tout.

C'est les gens que vous avez aimés et auxquels vous ne pensez presque jamais. Et puis soudain, vous ne savez même pas pourquoi au juste, un coup d'œil, la forme d'une silhouette dans la rue, la couleur d'un pull, la façon de rire de quelqu'un que vous ne connaissez pas à l'autre bout du bar, et voilà, comme une claque silencieuse, une microseconde votre cerveau bascule comme s'il y avait eu, je ne sais pas, une vingt-cinquième image dans le film, un arrêt imperceptible du cours des choses. Vous n'êtes pas fou. Vous savez bien que ce n'est pas un fantôme. Mais pendant un petit rien du tout de temps, dans la succession interminable des instants, à la faveur d'un simple clin d'œil une brèche immense s'est ouverte, et c'est toute l'éternité immobile de la mort qui s'est engouffrée dedans.

C'est l'effet que ça me fait. À chaque fois. Tous les matins. C'est difficile à expliquer. Je ne pense pas véritablement aux morts que j'ai connus, non plus à ceux de l'attentat. Je pense à la mort elle-même, mais comme ça, en voyant le chantier, alors que je connais tout de lui et que je le vois vraiment tel qu'il est, je crois – un chantier. C'est ainsi, je vois le trou et pour moi c'est comme une image concrète de la mort. Je ne sais pas si ça tient aux mots, *concrete* ça veut dire aussi « béton ». Ground Zero, c'est un exemple rare de ruines en béton. On continue à penser à avant. À tout ce qu'on imagine, parce qu'on en a tellement parlé. Un trou en béton dans le paysage, un vide en béton, comme quand on perd un membre paraît-il et qu'on le sent encore, comme quand on perd quelqu'un, lorsqu'on pense à lui plus tard et qu'on ne pense à personne puisqu'il n'est plus, pourtant on pense à lui. Une absence en béton, c'est quelque chose, non ?

C'est en vivant à Manhattan que Simon se rendit compte de ce que c'était que d'être français. Au début, il pensa que cela venait de la langue. C'est incroyablement fatigant de vivre en pays étranger, à cause de la langue. Oh, lorsqu'il animait son atelier d'écriture, lorsqu'il discutait avec des collègues ou des étudiants, ça n'allait pas si mal, il se débrouillait plutôt bien en anglais. Mais c'était ce bruit permanent, pas les questions de vocabulaire dans les conversations face à face, pas la voix du métro qui annonçait la prochaine station, grésillante et exagérément accentuée, qu'on finissait par comprendre juste parce qu'on connaissait la ligne par cœur, ça ne le gênait pas, les gens qui le faisaient répéter ou qui répétaient eux-mêmes tout ce qu'il disait pour s'assurer qu'ils avaient bien compris. D'ailleurs à New York c'était à croire que tout le monde ou presque était étranger, on passait son temps à expliquer ce qu'on venait de dire à la phrase d'avant, *I mean*, *you know*, toutes les deux phrases et le plus courtes possible comme si personne n'était bien sûr de se faire comprendre. Et bref, il suffisait d'un dictionnaire de quarante mots, plus son prénom, pour se débrouiller et être bien comme il faut, sourire partout, même dans les taxis où l'on se disait que, Dieu merci, les rues étaient numérotées et qu'on vous déposait toujours à un coin. Non, ce n'était pas cette espèce de communication minimale du touriste de passage qui l'empêchait, c'était le bruit de la langue, tout le temps, où qu'on soit, le bruit de tous ces mots attrapés à droite à gauche dans autant de conversations qu'il n'arrivait pas à suivre, dans la rue, au restaurant, partout, le bruit de fond qui, en tant que tel, lui redevenait soudain totalement étranger. C'était de ne plus jamais entendre parler français, d'être plongé en permanence dans ce brouhaha comme dans une sorte de faux silence épais et confus, c'était une situation angoissante, qui le coupait du monde et l'agressait en même temps. C'était tellement oppressant que ça lui avait donné, au bout de quelques semaines, de violentes migraines.

Il se parlait tout seul, le soir, comme pour se retrouver dans ses mots à lui, se calmer. Il se lisait à voix haute des pages de livres, en avalant deux ou trois cachets d'Advil qu'il faisait couler avec du vin rouge. Il essayait de faire la nuit autour de lui, tirait les rideaux de la grande fenêtre en Cinérama qui courait tout le long de la pièce, au-dessus du sofa. Ça ne faisait que filtrer l'aura pâle de la ville qui ne dort jamais. Il allumait une lampe de chevet dans l'autre pièce, et la lumière de la hotte, au-dessus des plaques, dans la cuisine. Il restait assis des heures. Comptait sur le fait que lire devenait difficile, dans cette pénombre, pour s'endormir doucement. Mais le mal de tête est quelque chose de tenace et d'insidieux, qui le tenait juste assez pour l'empêcher de sombrer. Le vin ne l'aidait pas non plus, il ne buvait pas suffisamment pour cela. Au bout d'un moment, c'était le silence qui finissait par l'angoisser. Parfois, ça le poussait même à sortir, comme ça, au milieu de la nuit, se promener, peut-être s'arrêter prendre un verre quelque part, faire les courses, ce dont il n'avait pas eu le temps pendant la journée, pourquoi pas manger un morceau, puisque c'était possible. C'était pénible, cette histoire de langue. Le bruit, comme le silence. Cette absence de langue, à l'étranger. Mais on finit par s'y habituer. Peu à peu, les migraines s'estompèrent.

Il crut alors un temps que c'était la nourriture, le problème. Quoi d'autre que la nourriture, quand on est français ? La ville était connue pour proposer presque autant de cuisines qu'il y a de pays membres à l'ONU, et cependant il y avait quelque chose qui n'allait pas, il aurait pu le jurer, c'était toujours trop gras, trop riche, trop sucré, il lui semblait qu'il trouvait toujours un petit goût de ketchup aux sauces tomate, et pas assez d'ail, toujours ces morceaux d'avocat de Californie au milieu des sushis et, même en viande, impossible de dénicher les morceaux qu'il aimait, la bavette, l'araignée, les joues, tout ce qui a du goût et se mitonne au vin et aux échalotes, non, c'était à croire que les vaches, ici, n'avaient que des entrecôtes et des filets fondants pour bébés. Tout était bon, par ailleurs, mais irrémédiablement différent. Dans les supermarchés, on trouvait de tout, absolument, et même en abondance. Et plus les fruits étaient « bio », plus ils en avaient l'air. Ils sortaient d'un dessin animé, rouges et brillants et énormes, tout lisses. Ils avaient dû inventer des usines, se disait Simon, pour que les produits de la ferme, comme ils disent, ressemblent à ce point à des rêves de légumes. Mais enfin, on trouvait de tout. Même du foie gras, chez Dean & Deluca, et du camembert au lait cru, à la boutique de l'ambassade de France, un de ses collègues qui avait de la famille là-bas en ramenait régulièrement de Washington, avec des cigares cubains. Eh bien, on le croira ou pas, cela n'avait pas exactement le même goût qu'en France.

Prenez l'exemple des salades. Pour Simon, un des sommets de la gastronomie, c'était une feuille de chêne bien rouge avec de l'huile de noisette et de la fleur de sel. Du pain. Du beurre frais. Bon. On commençait à trouver des baguettes, à New York, dans des boulangeries hongroises et même une française, mais le beurre, ce n'était pas possible, c'est bien simple, ça n'existait pas. Ils vendaient des espèces de plaquettes toutes blanches, entre la margarine et le saindoux, ça n'avait aucun goût à part que c'était gras. Passe encore. Les salades ? Bon Dieu, il y en avait des rayons entiers, et pas que sous plastique, mais elles étaient croquantes et pâles, ça correspondait sans doute à une certaine idée de la fraîcheur. Il lui avait fallu un mois pour dégotter une roussette un peu amère. De feuille de chêne, point, c'était trop mou sans doute. Si bien que, de guerre lasse, incapable de trouver autrement qu'en perdant une demi-journée, voyageant d'un bout à l'autre de la ville, les ingrédients dont il avait besoin, Simon dut se résoudre à renoncer même à la salade.

D'ailleurs, il comprit peu à peu que tout le monde avait fait comme lui. Il rencontra des gens. Certains collègues, notamment, à qui il aurait donné volontiers à la fois son estime et son amitié, l'invitèrent à sortir avec eux, au restaurant, comme si plus personne ne faisait réellement la cuisine autrement qu'à Thanksgiving, en famille. Il se dit que c'était les gens, le problème. Toutes ces personnes charmantes dont il ne connaîtrait jamais l'intimité, cette sociabilité bizarre où l'on se donne des rendez-vous dans les bars, où l'on va au cinéma ensemble, mais où ça ne viendrait pas à l'idée de partager un plat de spaghettis à la maison, tous ces gens qui n'ont finalement d'autre intimité que la leur, quand ils sont tout seuls, leur façon de dormir, de regarder la télé, leur façon de manger dans leur coin à n'importe quelle heure, que ce soit chez eux ou même sur un bout de trottoir, sur une borne de pompiers ou un capot de voiture, c'était ça qui l'isolait le plus, finalement, la langue il s'y habituait, la salade il pouvait s'en passer, c'était les gens qui lui manquaient, toute cette humanité qui se bornait à partager une politesse, trop respectueuse de l'individu, de sa liberté, pour empiéter dessus, comme si l'intimité, c'était une sorte de pelouse bien tondue sur laquelle les voisins n'ont rien à faire.

Il s'était senti proche des Latinos, parce qu'ils vivaient en communauté et qu'ils avaient des familles, mais il n'en connaissait pas beaucoup, c'était une impression qu'il avait. À bien y réfléchir, ça ne lui apprit pas ce que c'était que la France, de vivre à New York, mais qu'il n'était pas d'ici, c'était sûr. Un étranger. Et dans une ville où, pour ainsi dire, il n'y avait que ça, même les Américains. Chacun sur sa pelouse bien tondue, à préparer un barbecue entre voisins, souriant en découpant une vache toute molle, sans pattes et sans tête, qui n'avait que des entrecôtes.

Il ne saurait jamais si c'était vrai, ou si c'était lui qui le vivait ainsi. Il ne saurait même pas s'il aurait vécu ça n'importe où sur la planète. Étranger dans un monde où plus personne n'était vraiment chez soi, c'était fascinant. Lorsqu'il le comprit, Simon se mit à sortir un peu plus. Il lui arriva même de se griser de cet anonymat, de cette superficialité décomplexée. Il s'était senti seul, tout seul et ça l'effrayait un peu encore, parfois, dans le silence ou lorsqu'il mangeait dans la rue. Le reste du temps, tout l'éblouissait.

D'ailleurs ce n'était pas si grave. Partout, Simon ne faisait que passer. Personne ne l'attendrait non plus en France, à son retour. Personne n'avait cherché à le retenir. C'est peut-être pour ça, dans le fond, qu'il était parti.

Une inspiration, trois souffles. Un pied devant l'autre tamponnant le sol non comme on rebondit, mais comme on bascule, talon, pointe, une foulée roulante, tiraillant par l'arrière un invisible point de pression, telle une boule qui grossirait à moitié du muscle, derrière la cuisse à chaque fois qu'elle s'étire, à chaque enjambée, quand l'autre est passée devant déjà, qu'elle va s'aplatir et rouler à son tour, et si bref, cet instant de pincement minuscule, si furtif que la solution comme le mal consistent à reconduire inlassablement le mouvement qui n'est plus qu'un rythme, à l'unisson si c'est possible, au plus près des respirations. Candice court.

De l'autre côté de la ligne marquée au sol, des vélos la dépassent ou la croisent avec un bruit de guêpe. Son ombre tourne selon la route qu'elle suit pourtant comme si elle était droite, comme si c'était le parc et Manhattan, la ville entière, le soleil qui faisaient la ronde autour de son corps, de ses jambes l'une après l'autre, régulières, mécaniques, autour de sa course immobile.

Candice court et son esprit se détache d'elle comme une musique.

Le type était au bar, elle pourrait jurer que c'était bien lui, un grand maigre, les cheveux noirs, raides, mal coupés, en épis, d'un noir brillant où passaient des éclairs, il était assis sur un tabouret haut, légèrement voûté, il avait de longues mains et sa barbe rase, d'une semaine ou plus, tapissait ses joues creuses, se clairsemant en grimpant sur ses pommettes, jusque sous les yeux qu'il avait étrangement clairs, verts ou jaunes, des yeux de chat doux et impénétrables comme de ces gens dont le regard sourit sans les lèvres. Quand ils vous observent, on dirait de l'ironie. Elle pourrait jurer que c'était lui.

Il avait commandé un Coke, l'avait bu lentement, sans se retourner. Il était assis là, juste à gauche de la rangée de pressions étincelantes aux poignées de porcelaine tels des boutons de porte. Il devait être onze heures ou minuit, peut-être déjà plus et c'était la cohue, le moment d'affluence. Dans son dos les gens se pressaient et parlaient de plus en plus fort, des prénoms fusaient à travers la musique, on se bousculait pour accéder aux tables où des amis, des connaissances, se levaient bruyamment, on s'empoignait la main et l'on se claquait l'épaule en trinquant, c'était l'heure où les rires et le son montaient. L'ivresse était une vague. Les écrans de télé vomissaient du sport comme une chanson à boire.

L'homme avait bu sans un regard. Ni pour l'agitation ni pour le match, les éclats de voix et les tapes dans le dos, ceux qui s'écartent et ceux qui se bousculent, ni pour elle. C'était comme s'il avait dormi les yeux ouverts, assis là, légèrement voûté, l'air de ne penser même à rien. À un moment, par le jeu de la foule à la fois grouillante et immobile, le gros Pete s'était retrouvé à côté de lui. Il n'en était pas à sa première

Sixpoint et ses yeux à lui commençaient à dégouliner dans le gras de ses joues. Il lui a tendu la main.

«Pete. Je crois bien que je te connais, pas d'ici, mais tu bosses au chantier, pas vrai?» Le type a relevé la tête, il a dû serrer la main de Pete et le regarder de ses yeux drôles. C'était le moment d'affluence et de cohue, et Candice ne les a pas vraiment vus discuter ensemble, seulement à la fin, quand les choses ont tourné vinaigre. Ce n'était pas la première fois que le gros Pete faisait des problèmes, mais entre habitués ce n'est pas pareil, ce n'est jamais bien grave, entre habitués c'est chacun son tour.

La sueur lui coulait dans le dos, sur le front, la poitrine et les épaules depuis les cinq premières minutes de course. Par un temps pareil, l'air lui-même n'était d'aucun secours. Candice adorait courir, elle adorait le sport. Lorsqu'elle travaillait encore à Manhattan, elle allait presque tous les soirs dans une salle pas trop chère de Lower East Side, avant de rentrer chez elle. À Brooklyn, elle courait dans Prospect, elle avait pris goût au grand air. C'était une des premières fois de l'été qu'elle revenait à Central Park.

Une inspiration, trois souffles, bientôt deux qui traîneraient un peu en longueur comme un contretemps de jazz, au bout de quarante minutes elle savait qu'elle pouvait poursuivre en roue libre jusqu'à une heure, une heure vingt, une heure trente selon les jours, il n'y avait plus que ses jambes qui pouvaient l'arrêter, les hanches et les genoux qui finiraient par se lasser de la douleur. La bouche trop sèche, ce n'était pas bien grave, ça n'empêchait pas de continuer à cracher. Elle passerait reprendre son sac, ses affaires propres qu'elle avait données à Juliet, à son bureau où on ne la laisserait pas monter, il faudrait la faire appeler dans le *lobby*.

Elle n'avait rien dit à Juliet, à propos du meurtre, rien de précis. D'ailleurs, elle n'avait pas décidé encore, si c'en était bien un.

Elle marchait là, comme des dizaines de milliers de gens tous les jours. Elle avait remarqué l'attroupement, les policiers autour du cadavre et les ouvriers qui reprenaient le travail, se dispersaient. Et au moment où elle aurait dû détourner la tête et se dire « Mon Dieu, un accident », voilà qu'elle avait eu le temps de voir son visage.

Elle revoit le gros Pete qui insulte le type, elle est à l'autre bout de la salle. Autour d'eux des hommes se sont retournés, des conversations se sont tues soudainement. Pete est de dos, il gueule avec une voix traînante et avale la fin des mots. L'autre gars est de face, il recule avec les mains levées devant lui, paumes bien ouvertes, il a des mains longues et fines, ses yeux drôles et les lèvres pincées, il ne parle pas, il secoue la tête en signe que non, il ne fera rien, ne cherche pas la bagarre, il n'est pas menaçant. Le temps que Candice traverse la salle pour se rapprocher, un client a posé la main sur le bras de Pete qui s'est tourné vers lui. Il est rouge. Ses petits yeux disparaîtraient s'ils n'étaient tout bleus. Elle commence à entendre ce qu'ils se disent.

« Te mêle pas de ça. Je vais lui faire sa fête à ce petit fils de pute. » Le patron s'est rapproché lui aussi, il est à leur niveau, mais de l'autre côté du bar. Elle le voit faire des gestes à son tour. Elle continue d'avancer vers eux, se frayant un chemin dans la salle encombrée, et, parfois, les perd de vue. À mesure, de plus en plus de conversations s'interrompent et s'étouffent. Il lui semble que le temps s'étire, c'est à cause de l'adrénaline.

« Je ne veux pas de ça chez moi. Tu vas te calmer et retourner sur ton siège, Pete, ou c'est moi qui te vire de mon bar.

– Je te dis que c'est un putain de musulman, et il parle même pas américain. Un putain de musulman avec un putain d'accent. Tu viens d'où, enculé ? »

Et c'est vrai que le type ne répond pas. Il regarde Toni, le patron, derrière son bar, et ses yeux drôles ne rient plus du tout.

« Et je vous demande, que fait un putain de musulman sur le chantier du 9/11, à votre avis ? Ça vous la coupe, hein ? Cet enfoiré est là, tous les jours, avec son casque, et il se balade d'un bout à l'autre, et il bouffe pas avec les ouvriers américains, il parle pas avec eux et il prend pas de bière à la pause, et parfois, parfois il disparaît le diable sait où, et pourquoi ? Pour faire sa putain de prière ? Ou peut-être pour vérifier que le béton coule bien là où il faut ? Mais t'as pas de bol, connard, parce que ce soir t'es tombé sur un patriote. J'y étais, moi, au 9/11. J'étais flic. J'suis un putain de patriote ! Un vétéran, moi ! »

Il n'y a plus de conversation du tout et les femmes s'écartent. Les hommes autour d'eux sont pétrifiés. Ils regardent Pete, de plus en plus rouge et les yeux de plus en plus clairs, tels des lacs de montagne, mais minuscules. Ils regardent l'inconnu qui recule doucement, en faisant non de la tête. Quelque chose en eux voudrait qu'il parle, mais il ne dit toujours rien. Alors, quelque chose en eux est en train de se ranger aux côtés du gros Pete, viscéralement, comme une certitude.

Toni fait un signe à Candice, la main près de l'oreille en penchant la tête, Appelle les flics, puis il tente de nouveau, plus faiblement :

« Peut-être que tu as raison, Pete, mais je ne veux pas de ça chez moi.

– Vous n'allez quand même pas laisser cet enculé s'en tirer comme ça ? Nom de Dieu, il y a bien des patriotes, dans ce bar ? »

Des hommes se sont levés. Pas les plus frais. Candice a son portable dans la main, mais elle n'arrive pas à faire le numéro. Elle regarde le cadran lumineux du téléphone dont elle a ouvert le clapet. 911. Le même numéro, pour toutes les urgences de la ville. Le même numéro que l'attentat. 911. 9/11.

« Pourquoi tu dis rien ? C'est vrai, ce qu'il dit ? »

L'inconnu les dévisage à la ronde, continue de reculer doucement. Même sans comprendre l'américain, ce n'était pas dur de voir que c'était le moment d'avoir peur.

Rien que d'y repenser, en courant, Candice serra les poings et accéléra le rythme de ses foulées. Que la douleur des cuisses, le souffle court missent fin au cauchemar du souvenir. Mais rien n'y fit.

Elle voit l'étranger qui tente de gagner la porte à quelques pas derrière lui, obligé d'écarter violemment le type qui était resté devant, et c'est le signal, l'hallali, elle est bousculée et son portable tombe, elle le cherche des yeux et ne peut s'empêcher, en même temps, de garder la tête relevée vers l'entrée, d'essayer de voir ce qui se passe. La peur et la violence éclatent au fond de son ventre comme une grosse bulle, et elle ne peut s'en détacher. Trois, quatre, peut-être cinq hommes ont suivi, ils sont là, dehors, elle les voit par intermittence lorsque leurs silhouettes passent dans l'encadrement de la porte restée grande ouverte, ils ont l'air de courir sur place, mais c'est parce qu'ils donnent de formidables coups de pied dans la forme à terre, recroquevillée, sombre, qui ne bouge plus, mais tressaute et se déforme comme un sac de grains, sauf que c'est un sac de viande et d'os qui se brisent, avec le bruit d'un poulet qu'on désosse, un sac de chairs qui explosent et viennent teindre de sang la surface de la peau, les vêtements, comme des étoiles de feu d'artifice, oh, mon Dieu, ils vont le tuer pense-t-elle, et elle se souvient du téléphone, on entend des chocs sourds et des craquements, des insultes encore et encore, et les quatre hommes, peut-être cinq, s'arrêtent à présent parfois, les poings sur les hanches, penchés vers le sol, reprenant leur souffle, épuisant leur haine, chassant la sueur de leurs yeux, devant la forme à terre qui se traîne, sac encore tremblant de vie gémissante, les deux bras autour de la tête, rampant comme un ver dans sa douleur nue, ils vont le tuer pense-t-elle, mais elle n'arrive toujours pas à faire le numéro, figée par la bulle de peur et de violence qui a éclaté dans son ventre, fascinée par sa propre lâcheté, jusqu'à ce qu'elle voie Toni qui se campe dans l'encadrement de la porte et qui crie « Police ! » en brandissant le téléphone du bar, sans que l'on sache bien si c'est pour que cela finisse enfin, ou pour leur laisser le temps de disparaître. Et de fait, ils disparaissent. Même l'inconnu. Il chancelle et court faiblement, plié en deux, tombe plusieurs fois, s'appuie au mur et court, passe le coin du bloc. Seul Pete est là, debout, livide soudain et frissonnant.

« Ils vont arriver d'un instant à l'autre.

– Je vais les attendre là, si tu veux bien, je vais m'asseoir au bar et les attendre. Ça va. C'est fini.

– Tu devrais prendre un bon café avant qu'ils arrivent. Je vais te faire ça.

– Merci, Toni. »

Candice s'était arrêtée de courir. Rincée. La chaleur donne le vertige. Autour de Central Park, les immeubles dansaient, donnant aux allées, aux arbres, aux pelouses l'allure d'improbables jardins suspendus.

O'Malley détestait utiliser sa voiture de service pendant la journée, mais la morgue de New York est à Brooklyn, et même bien loin dans Brooklyn, après le plus long tunnel de l'East River, qui était comme une entrée en matière, des kilomètres à n'en plus finir de Battery Park jusqu'aux docks de Red Hook, sous l'eau, sans qu'on s'en aperçût, si ce n'était le sentiment, diffus, d'être dans un endroit secret et dangereux, un antre de cyclope dont il fallait sortir au plus vite, le soir on pouvait y demeurer bloqué plus d'une heure au milieu d'un flux dense incroyablement bruyant, pare-chocs contre pare-chocs, dans la luminescence orange d'un couchant de néons éternel, et – lorsqu'on parvenait à s'en extraire enfin, c'était pour découvrir qu'on avait en effet changé de monde, débouchant sous les échangeurs immenses des voies express au milieu de casses de voitures accidentées ou brûlées et d'entrepôts délabrés, de terrains en friche, d'usines rouillées en apparence désertes, dont les hautes cheminées de béton scarifiées par des coulées de mousse brune laissaient s'échapper d'inquiétantes colonnes de fumée blanche, comme si c'était là qu'on avait décidé de fabriquer les nuages. Un habitat clairsemé au ras du bitume faisait penser à une ville abandonnée. Plus loin encore, la voie express quittait ce bord de mer aux allures de fin du monde pour s'enfoncer mollement dans les Park Slopes, comme une grosse travée d'asphalte, trop lourde pour gravir rapidement la pente de la colline. De l'autre côté, moins d'un siècle auparavant, s'étendait là une lande marécageuse et plate. Le Kings County, qui abritait la morgue, jouxtait un des plus gros hôpitaux psychiatriques de la ville, à eux deux ils couvraient plus de seize rues, six cents mètres de bâtiments de briques vieillis, mais dignes, dans le style anglais.

À voir les milliers de paumés à moitié tarés qui hantaient la ville, se lavaient dans les toilettes en sous-sol des McDonald's et venaient promener leurs caddies de ferrailleurs et leurs plaies jusqu'au nord de Central Park, à la limite des belles boutiques, on pouvait se demander quel limon humain, quelle fange sociale plus sordide et secrète trouvait encore refuge dans un hôpital psychiatrique à New York.

O'Malley fit le tour des bâtiments en voiture, se gara devant la morgue, au soleil. Maudit plusieurs fois, pendant qu'il attendait le monte-charge à double porte des brancards, cet imbécile, cet inconnu hirsute et barbu, au corps tuméfié, qui avait trouvé le moyen de venir mourir sur son territoire. Mais c'était son boulot. Au moins, il faisait frais chez les morts.

Le médecin qui l'accueillit aurait pu être fleuriste sans doute, mais habillé de sa blouse, au milieu de son univers de carrelage et d'eau de Javel mentholée, avec ses gestes lents et précis et sa tête d'oiseau ébouriffé, il n'y avait aucun doute sur le fait que ce fleuriste-là n'aurait vendu que des chrysanthèmes.

« Le John Doe de Ground Zero ?

– Il y en a d'autres ?

– C'est le troisième John Doe, cette semaine. Le plus amoché, aussi. On lui a laissé aussi le nom de son badge, Muhammad quelque chose, au cas où ce serait vraiment son nom.

– Il a fait une sacrée chute.

– Oui. Ses os sont en miettes. Les jambes sont quasiment broyées. Je n'ai pas encore eu le temps de pratiquer l'autopsie, mais nous l'avons préparé. »

Il était là, nu, sur une sorte de table en inox tel un évier géant et plat, un étal de poissonnerie du genre qu'on peut laver au tuyau d'arrosage, avec une petite bonde d'évacuation dans un coin et la même au sol. Ça sentait la piscine et l'éclairage était très blanc. Il avait l'air en pierre. Marbré. Tellement d'entailles, de taches sombres et d'hématomes, de boursouflures, mais tout cela entièrement lisse, étonnamment propre et gris.

« Je voulais le voir. Tout à l'heure, je n'ai pas pu voir son visage, trop de boue. Je voulais voir son visage. Il est dans un sale état.

– Oui et non. Il est encore assez frais. Pour les causes de la mort, il faudra attendre l'autopsie, mais on peut déjà savoir des choses intéressantes.

– Je ne me fais pas trop de soucis pour les causes de sa mort. Là où il est tombé, il y avait peu de chances qu'il remonte.

– Si je puis me permettre, c'est peut-être un peu plus compliqué. Vous voyez ce diagramme ? C'est le nomogramme de Henssge. Sa température interne était de 28 °C, sur l'axe de gauche. La température extérieure, en moyenne sur les dix dernières vingt-quatre heures, de 23 °C, sur l'axe de droite. Le point d'intersection avec la diagonale qui figure en pointillés sur le diagramme nous permet de savoir à peu près avec certitude à quelle heure il est mort, voyez-vous, on lit ça sur les arcs en fonction du poids de l'individu. Cela nous donne treize heures, précisément, à 2,8 heures près. Soit entre sept heures hier soir et une heure. C'était peut-être une sacrée chute, mais il ne l'a pas faite ce matin.

– Bon. À la fermeture du chantier, hier. Ça ne change pas beaucoup, pour moi.

– Il y a autre chose. La rigidité est lente, elle devrait être achevée à présent.

– Ce qui veut dire ?

– Rien. On ne peut pas en tirer grand-chose pour l'instant. Dans le cas d'hémorragies massives, c'est normal que le processus soit plus lent.

– Bien. Une chute mortelle, vers sept ou huit heures hier. »

Le médecin et O'Malley se rapprochent du corps, ils sont de chaque côté de la table en forme d'évier géant.

« On dit que le visage d'un mort conserve la trace de sa personnalité, l'expression de son caractère.

– Je ne sais pas. Moi, je ne les vois que morts.

– Qui pouvait être ce John Doe ?

– Il était jeune, dans les quarante ans. Un peu maigre et pas spécialement sportif. Type arabe, peut-être perse. Il a les yeux clairs.

– Ce n'est pas ce que je veux dire. Il a l'air doux. Il a les joues creuses et des rides un peu profondes, mais il n'a pas un visage sévère.

– Si vous voulez.

– C'est un visage long. Ses sourcils sont arqués. Il a l'air doux et étonné. Est-ce que c'était un homme étonné ? »

Le médecin fait le tour de la table et rejoint O'Malley qui s'est penché sur le corps.

« Vous voyez ces marques sombres, sur les joues, le cou, la poitrine, les cuisses, dans le bas du dos, les creux des genoux ? En fait, il en est couvert.

– Ce sont des hématomes ? Ce n'est pas étonnant.

– Ce sont les lividités cadavériques. Après la mort, le sang s'échappe des vaisseaux et se répartit à travers les tissus par l'effet de la gravitation, sous la peau translucide où il se fige peu à peu, aux endroits non comprimés. Elles devraient être toutes du même côté, face ou dos ou sur un flanc. Cela nous indique que le corps a été déplacé, peut-être même plusieurs fois, pendant la nuit.

– Un meurtre ?

– Je ne pourrai vous le dire qu'après l'autopsie. Il y a une blessure large, à la base du crâne. Il a pu tomber sur une pierre, mais c'est assez rare, en fait, de tomber sur le dos. Il y a aussi de multiples fractures visibles, dont il faudra déterminer la cause. »

O'Malley regarda autour de lui, mais il n'y avait que du carrelage à hauteur d'homme, une peinture laquée, crème, ensuite, jusqu'au plafond, une paillasse en béton, carrelée elle aussi, encombrée de tout un tas d'instruments de chirurgie, de boîtes, de flacons, d'un microscope et d'autres appareils dont l'usage lui échappait, il n'y avait aucune fenêtre, nul endroit par où laisser s'évader le regard, le faire respirer un peu.

« Qu'en pensez-vous, docteur ?

– Je vous l'ai dit, vous aurez mon rapport d'autopsie lundi, mardi au plus tard.

– Non, je parle de son visage. Est-ce que c'était un homme étonné ? »

Laissant derrière lui les petites maisons de Fulton, il obliqua sur Franklin avec en ligne de mire le pont métallique de couleur rouge brique, à quelques rues de là, au-dessus d'Atlantic Avenue, vers Dean Street, où il laisserait tomber son vélo devant les palissades couvertes de graphes, de noms, de numéros, de dessins obscènes et enfantins. Ici pas besoin de chaîne pour se garer, ici c'était chez lui à partir de neuf heures du soir. Dean et Franklin, Dean et Classon, Dean et Grand, trois coins de rue aux couleurs de son gang le long d'anciens entrepôts reconvertis en squats ou en ateliers, terrains vagues fermés par des portails grilla-gés aux cadenas défoncés qui offraient des passages vers Pacific ou Bergen, et autant d'issues de secours ou d'impasses, dans des allées de chiendent bordées de ronces où les gamins couraient une partie de la nuit, les plus jeunes qui allaient de la cachette au client, souvent la drogue était sous un pneu ou une simple planche. Il suffisait de quelques mots qui variaient légèrement d'une saison l'autre, *peach*, *cristal*, ampoule jaune, rouge, il suffisait d'une poignée de main, le vendeur empochait les billets et faisait un signe, le client pour-suivait au ralenti, toujours en voiture, quelques mètres et un môme sortait de l'ombre en courant, lui livrait sa commande en la jetant par la fenêtre. Les voisins, ceux qui avaient encore un appartement sur les toits ou les quelques artistes qui louaient là un studio, ailleurs hors de prix, n'appelaient pas la police. Ils se payaient une bonne serrure et donnaient de gros pourboires aux taxis pour les ramener juste devant leur porte. Fulton et Nostrand étaient la frontière du quartier nord de Bed-Stuy, où la drogue avait pris les proportions d'une épidémie. Mais là, c'étaient les Latinos et les Blacks qui se partageaient les coins de rue. Les Russes comme lui s'y feraient tuer s'ils y mettaient un pied.

Il s'assit sur le bord du trottoir, s'étira et fit jouer les muscles de son cou, ressortit l'enveloppe de sa poche de jean, compta l'argent qui lui restait. Trois cents billets. Ce n'était pas si mal.

Le dimanche était un jour béni, pourtant Candice n'allait pas à la messe, elle n'y allait plus depuis longtemps. Mais son quartier avait le dimanche une allure de fête. De laisser-aller nonchalant, sur les bancs devant les *dinners*, les *deli* et les *coffee shops*, les seules boutiques à ouvrir dès le matin, sur le côté ouest de la septième avenue en pente douce. Même la chaleur écrasante de ce mois d'août semblait plus supportable le dimanche. On avait le temps de regarder le ciel, jeté par-dessus les immeubles telle une immense toile sans défaut, le ciel vaste et calme de l'Amérique, le seul à pouvoir embrasser son immensité. Les rues dégringolaient sans une ombre vers l'horizon blanchi de l'East River, au-delà de la pointe de Manhattan, vers l'océan. Plus de métro à prendre ni d'hésitation entre la station la plus proche, omnibus, et celle de la quatrième avenue qui était express jusqu'à Canal Street. Plus de café brûlant, lapé en marchant. Surtout, presque plus de voitures. Les grilles des devantures étaient encore baissées. Les poubelles rutilaient dans les minuscules *junkyards* au coin de chaque maison, c'était leur jour de sortie, elles avaient l'air presque propres. Plus de costume, plus de robe noire trop ajustée. Pas de foule sur les trottoirs. Quel que soit leur job, les gens avaient enfilé leur tee-shirt XXL délavé de la fac ou de leur équipe de football pour apporter leur linge de la semaine à la laverie automatique, pour aller chercher des *pancakes* ou le supplément du *New York Times*. Même les joggers qui remontaient l'avenue vers l'entrée sud de Prospect Park semblaient courir moins vite que d'habitude. Le dimanche tout devenait l'occasion d'une promenade. Il n'y avait plus que des promeneurs. Le quartier devenait une sorte de jardin où l'on pouvait enfin s'arrêter, faire le compte des nouveaux endroits où l'on n'était pas encore allé, remarquer avec satisfaction ce qui ne changeait pas, un jardin avec ses vieux chênes et ses petites transformations de saison, un paysage.

Et puis il n'y avait rien à faire, rien de précis à part les millions de choses qu'on reporte sans cesse. C'était le jour où, chaque semaine, on pouvait imaginer changer de vie.

Candice se dit qu'elle achèterait des fleurs coupées, au retour, comme presque tous les dimanches. Elle entra dans le même *tea lounge* que d'habitude, au coin de la onzième. S'assit au bar pour discuter de la canicule.

Elle ne dit rien sur l'homme du chantier. Elle n'avait pas envie de reparler de Gregg. Pas un dimanche.

Cela se produisait souvent. Parmi les gens qui venaient visiter le site, il y avait des familles de victimes. Ils attendaient la fin du tour, ne faisaient semblant de rien. Simplement dans le couloir du souvenir, la passerelle sud où il n'y avait aucun affichage commercial, ils étaient parfaitement silencieux, ne s'approchaient pas des grillages. Lorsqu'ils observaient le chantier, le début du chantier qui n'en était qu'à transformer le cratère en sections de terre mesurables et propres, ils se taisaient aussi et semblaient un peu absents, ils cherchaient des choses qui n'étaient plus, une trace invisible, leurs yeux restaient perdus, traquant des fantômes qui n'avaient jamais été là. Mon frère travaillait au dix-huitième étage, je suis là où il est mort précisément, j'ai fait le voyage pour cela, mais il n'y a plus de tour, il n'y a plus de dix-huitième étage, et me voilà à l'imaginer qui erre, dans ce trou, parmi les ouvriers et les contremaîtres, parce que c'est là, à n'en pas douter, pourtant ça ne veut rien dire. C'est ce qu'ils disaient à Pete à la fin de la visite. Ceux qui restaient après les pourboires et les au revoir, timidement, jusqu'à ce qu'il leur demande, parce que maintenant il les connaissait, vous avez perdu quelqu'un ?

« Il travaillait pour une société d'assurances. Mon frère avait quarante-deux ans. Il est porté disparu.

– On a retrouvé très peu des 2 973 morts de l'attentat.

– Je sais bien qu'il est là. Il est là dans les tours, au moment où ça explose. Il travaille, il est à son bureau. Je n'ai jamais visité son bureau. Vous savez, vous n'allez pas voir votre frère au bureau. Même quand vous êtes proches. Vous savez où il travaille, et c'est tout. Maintenant, on n'a pas retrouvé son corps, je viens ici et il n'y a que… vous voyez, ce n'est qu'un genre de trou. Je ne peux même pas me dire, c'était donc là.

– C'est un chantier. Nous allons construire ici une tour de la Liberté, plus haute encore que le World Trade.

– Plus ou pas encore, c'est la même chose. Est-ce qu'on peut mourir, dans des endroits qui n'existent pas ? »

Dès la première fois où il avait mis le pied aux États-Unis, Simon avait été frappé : tout paraissait plus réel. Le ciel lui-même, reflété par les façades-miroirs vertigineuses, semblait s'envoler au-dessus d'un continent entier, ce dont on n'avait jamais l'impression en Europe. À Paris le ciel est petit, pommelé, épinglé entre les immeubles bas et ternes et tous identiques, il est à peine rose le soir, autrement toujours clair, un blanc qui tire vers le gris, un bleu qui n'est jamais que bleu ciel, pléonastique et ballot.

Oui, tout avait l'air ici plus réel, comme sur une photo qu'on peut agrandir, détailler, simple surface explicite et sans profondeur, sans mystère, de ces photos dont on dit que le paysage ou les gens qui y sont représentés y figurent « plus vrais que nature ». Et il était difficile en effet de savoir, à New York, de tout cela qui paraissait *plus vrai*, les files de taxis, les cheminées de travaux fumantes, les buildings de la cinquième, les enseignes lumineuses de Times Square ou le terrain de basket grillagé sous Union, il était difficile de démêler, dans l'impression de déjà-vu qu'on avait en arrivant ici d'Europe pour la première fois, si ce n'était pas simplement l'inverse qui s'était produit, si l'on n'avait pas construit là, comme un décor, la réalité *d'après* les images. Et si ce n'était pas cela même qui la rendait à nos yeux plus réelle. À côté la vieille Europe, le vieux Paris, ses vieilles pierres, les plus visitées du monde, n'étaient qu'une illusion, un mirage de l'Histoire, les arènes de Lutèce, le mur de Philippe-Auguste, la cathédrale Notre-Dame, l'hôtel Saint-Pol, le Palais-Royal puis le Louvre, et ainsi de suite jusqu'à l'Arc de triomphe, Haussmann, les avenues, les façades, Viollet-le-Duc, et fin de la balade avec le Grand Palais, la gare d'Orsay, la tour Eiffel, et retour à Notre-Dame par le bateau-mouche, un vrai musée d'antiquités, retouchées et restaurées maintes fois. Que sont des pierres chargées d'histoire ? Juste une image du passé.

L'Amérique, c'était le contraire. Pas d'histoire, pas de culture propre. Chaque immigrant arrivait encore ici sur un continent neuf, avec sa mémoire d'une ou deux générations vite dissoute, chauffée jusqu'à la fusion dans le fameux *melting pot* où pour se mélanger il faut d'abord se fondre dans une unité molle, foireuse. Une vraie chiasse, l'Amérique, mais pour cela tellement plus *vraie* que l'Europe. Tellement moins « constipée ».

Oh, il n'aurait pas pu le dire comme ça à ses amis new-yorkais. Comment voulez-vous dire à quelqu'un que vous l'aimez pour ses défauts ? Que vous le préférez inculte et insouciant, que vous avez du reste toujours préféré les Prométhée ou les Icare, les Ève, les Pandore, à tous les dieux, à tous les rois, comment leur dire, à ces Américains, que vous les voyez comme un adolescent, ignorant et sûr de lui, prodigue de sa jeunesse dont la vigueur fait saliver la vieille Europe, sans passer pour une sorte de pervers, sans laisser penser que cette attirance n'est pas encore une feinte, un nouvel abîme d'affectation, la dernière arme du séducteur qui n'a plus la beauté ni la force ? Et ces étudiants qu'il côtoie un semestre par an, ces jeunes gens convaincus quelles que soient leurs convictions, comment leur annoncer que Bagdad, Damas ou Téhéran évoquent à l'oreille civilisée des souvenirs de culture que Washington n'égalera peut-être que dans quelques milliers d'années ? Surtout, comment leur faire comprendre que ce n'est pas grave, que les barbares ont toujours triomphé des lettrés, les ingénieurs des philosophes ?

Il y avait sur un simple palier du MoMA un Chuck Close gigantesque, un autoportrait, si bien que « Close », on ne savait pas bien si c'était le nom du peintre ou le titre de la toile. Elle était peinte en tellement gros plan, tellement grand que même en s'approchant on distinguait à peine les coups de pinceau, cette tête géante à l'air vaguement ahuri, dents de lapin, mal rasée, le sourire maladroit de qui ne s'attendait pas au flash du photomaton, pas de menton, une chemise à carreaux rouges et des lunettes aviateur à monture épaisse en plastique, façon écaille, le cheveu plat et fin, vaguement gras, cette tête de deux mètres de haut d'un type totalement banal, assurément pas beau, mais tellement banal qu'il n'est pas non plus franchement laid, simplement on ne sait pas ce qu'il fait là et apparemment lui non plus, échappé de la fin des années 1960, immortalisé dans son jus, agrandi des milliers de fois avec le moindre poil qui dépasse et des reflets dans les lunettes, inquiétant, disproportionné dans son face-à-face avec le public, au milieu d'un couloir sans recul, sur le palier de l'art contemporain, une photo d'identité de deux mètres, frontale, sans profondeur ni décor ni mise en scène ou cadrage particulier, juste un agrandissement démesuré, peint à la main, à l'acrylique, point par point, il y en a des milliards sans doute, si bien qu'on croit voir une photo à la chambre, un tableau entièrement lisse, fascinant et dérangeant à la fois, qui était tout ce que Simon pensait des États-Unis.

O'Malley avait pu se rendre au commissariat du deuxième district en fin d'après-midi. Au milieu du quartier des affaires en *friday wear* décontracté-chic, l'immeuble en *brownstones* aux couloirs désertés sentait la restriction budgétaire et la torpeur désabusée. La clim coupée depuis dix jours par un incident électrique avait cantonné chacun à son bureau, face à un ventilateur qui faisait doucement vibrer, en tournant sur lui-même, régulièrement des piles de pièces à classer. Les cloisons montées jusqu'à un mètre cinquante laissaient s'élever dans l'air des bruits de conversations lointaines, quelques sonneries de téléphone, le ronflement léger d'une imprimante. Les gars tournaient la tête et le dévisageaient furtivement, tandis qu'il avançait vers le couloir du fond, celui des bureaux fermés des gradés, et sans doute simplement à son costume ils le prenaient pour ce qu'il était, en plus de commandant, un agent, un type du « Bureau », alors ils replongeaient vers leurs dossiers, leur écran ou leur téléphone, et dans la brise chaude de leur ventilateur ils reprenaient leur murmure.

En lui faisant remarquer que Ground Zero était, justement, sous sa juridiction et non sous celle du commissariat, on fit appeler pour le renseigner un jeune officier qui s'apprêtait à passer là le week-end, payé en congés à prendre l'année d'après, en plus de ses trois semaines, parce qu'il n'y avait plus d'heures sup pour les gardes, seulement pour quelques enquêtes des services criminels, à l'étage du dessus.

Banalités de conversation de boutiquiers. Le gaillard n'avait que deux ans d'ancienneté dans ce poste, un bleu, grand sans être athlétique – plutôt fluet même, au long visage blanc presque glabre, les dents un peu jaunes et le menton fuyant, de grands bras fins tout pâles eux aussi, évoquant le caoutchouc, qui sortaient d'une chemisette bon marché fermée jusqu'au col. Meilleur en droit qu'en gymnastique. Assidu au stand de tir, mais serrant fermement son poignet de l'autre main et utilisant des gants, tant pour la poudre que pour assurer sa prise, prenant son temps pour viser avec application, fermant si fort l'œil gauche que ça lui retroussait la lèvre supérieure, penchant la tête en se tordant le cou, la respiration suspendue, comme coincé avec un violon qui tirerait du calibre 38. Priant sans doute pour ne jamais avoir à s'en servir et cependant prêt à le faire, selon le protocole, la procédure, pour défendre son coéquipier, son job honnête, ses trois semaines de vacances par an, son assurance-maladie et sa retraite, et puis, bien sûr, comme Superman, « la vérité, la liberté et l'*American way of life* ».

O'Malley voulait savoir s'il y avait eu ces derniers temps des incidents sur le chantier, des rixes, des choses sans importance, des plaintes sans poursuite dont ses services n'auraient pas eu connaissance.

« Rien d'anormal, commandant. Les histoires habituelles. Des bagarres, il y en a de temps en temps.

– Je cherche quelque chose qui aurait à voir avec un individu de type arabe, ou perse.

– La moitié de ces types ne parlent même pas espagnol. C'est le mort de ce matin ?

– Oui. Non identifié. Je reviens de la morgue.

– Sauf votre respect, avec la chute qu'il a faite, m'étonnerait qu'il y ait besoin de chercher midi à quatorze heures. Il y a des gens qui disent que ça fait au moins un Arabe qui s'appellera John Doe.

– Perse, lieutenant. C'est un genre d'Iranien. Et ces bagarres habituelles ?

– Il y a bien eu quelque chose, il y a une semaine environ, mais ça n'avait rien à voir. Ce n'était pas sur le chantier, voyez, c'était à Brooklyn, seulement le gars qui a été ramassé a demandé à être amené ici, parce qu'il bosse à Ground Zero. Ce n'était vraiment rien de grave.

– Il a demandé à être amené ici ?

– Il connaissait des collègues. En fait, c'était un gars de chez nous, enfin un ancien, voyez, à la retraite. Il a passé la nuit et puis il est ressorti. Il n'y a pas eu de suites. De toute façon, personne n'a porté plainte.

– Une bagarre avec un Arabe ?

– Ben, vous dites que le vôtre est perse. Celui-là était musulman, voyez.

– Et le nom de cet ancien flic ? »

O'Malley repense au type maigre et noueux, sur la table en inox, à son visage calme, ses lèvres minces. Son air étonné.

«Est-ce que je suis lâche ?», se demandait Candice. Ses cuisses lui faisaient encore un peu mal, parce qu'elle n'avait pas couru ainsi depuis longtemps. La douleur s'était estompée avec le week-end, mais il en demeurait une sorte de raideur et elle pouvait sentir ses muscles tendre la toile du jean à chaque fois qu'elle se mettait à marcher après quelques instants d'immobilité. Le gros Pete n'était pas revenu au bar, ni le vendredi ni le samedi, mais il arrivait que les habitués comme lui préfèrent les soirs de semaine, moins bondés et bruyants. La solitude, dans la foule, est supportable jusqu'à un certain point.

Il avait peut-être disparu. Ce n'était pas ses affaires. Elle ne voulait pas y penser, alors elle essuyait des verres propres et, avec le même chiffon détrempé en coton à bouclettes, à l'effigie d'une marque de bière qu'elle n'avait jamais goûtée, elle frottait un coin du comptoir cuivré, sans application particulière, une sorte de lassitude dans le geste, comme on caresse un vieil objet familier dont on ne pense plus rien depuis longtemps, comme on chasse une idée qu'on n'a pas vraiment eu le temps de formuler.

Elle sentait qu'il viendrait ce soir, ou alors c'est qu'il avait disparu et qu'il avait vraiment tué ce type. Comment savoir ? S'il venait, cela ne voudrait rien dire.

Sa main lâcha prise alors que ses yeux se fermaient pour de bon. Ses pensées refluèrent vers l'intérieur, vers le fond sans lumière où elles nageaient comme des monstres aveugles. C'était il y a deux ans, déjà.

Elle sursauta comme si elle s'était endormie lorsqu'elle entendit sa voix.

« Alors, Candice, on rêve de moi ?

– Je suis de Brooklyn. Je ne rêve pas. »

Pete était devant elle et souriait.

« Une Sixpoint ?

– Puisqu'elle est de Brooklyn, elle aussi. »

On ne rôde pas quand on fait partie d'un gang.

On ne fait que se balader, à vélo, tout le temps, on va à droite, à gauche, on surveille les coins de rue et les allées et venues des flics, ce sont eux qui rôdent et font le tour des quartiers à deux à l'heure. Parfois, il y en a dans des voitures banalisées qui prennent des photos, repèrent les nouvelles têtes. Au bout d'un certain nombre de nouvelles têtes, ils font une descente, arrivent à plusieurs voitures et bloquent les rues, tout le monde gueule comme s'il se passait quelque chose et tout le monde court dans tous les sens, dans les petites impasses de ronces et d'ordures au milieu des jardins de derrière. Parfois ils trouvent la dope, qui n'est jamais bien loin, mais personne ne se balade avec. On ne fait que se promener, quand on fait partie d'un gang, on a tout le temps, toute la vie pour ça. Ce sont les flics qui rôdent, c'est leur boulot. Ils prennent les empreintes des nouvelles têtes et puis rien. Ils les relâchent. C'est un jeu. Ils font des fiches. Tout le monde a les mêmes règles du jeu, mais tout le monde ne fait pas le même pari, c'est un peu comme au poker. C'est une vie, de faire partie d'un gang, un destin. Tout le monde joue, mais on triche, parce que les flics, en face, ne font que leur boulot. La vie n'a pas la même valeur, sur les coins de rue, personne ne range son arme au vestiaire à 18 heures.

Il n'y a pas de courage et pas de lâcheté non plus à faire ça. Être prêt à la prison quand les cow-boys font du zèle, ou à se prendre une balle quand il y a une guerre dans les quartiers. Il n'y a pas de morale et pas de philosophie. Juste des règles. Les balances crèvent en tôle, ça c'est sûr. Les règles ne changeront jamais, parce qu'il y a un tas de mecs qui mourraient pour ça. Dans les buildings, il y a sûrement des huiles pour qui c'est un business, mais pour les soldats et les revendeurs, pour les gars de la rue c'est un jeu. On appelle ça « le Jeu », quand on fait partie d'un gang.

L'esplanade de Battery Park, récemment aménagée, offre une vue surprenante sur l'Hudson. Cette excroissance de Manhattan à l'ouest de West Street, parfaitement orientée nord-sud, est une sorte de paradoxe géographique. Alors que les vrais ports, ceux qui portent des numéros, les ports industrieux, sont de l'autre côté de l'île, à l'est, c'est ici, à l'abri des digues inutiles de North Cove, qu'on trouve leur image, leur caricature de plaisance riche et propre, endormie là juste à l'arrière du Financial Center. Comment ne pas penser, en le voyant, que c'est lui le *vrai* port, puisque c'est là que sont les vrais navires, ceux qui ressemblent à des bateaux, pas des ferries, les yachts et les voiliers alignés, les paquebots de croisière bien blancs, comment ne pas croire plus à l'image qu'à la réalité ?

C'est l'endroit où l'Hudson commence à s'élargir aussi, comme une illusion de mer, avec ses îles et son horizon de terre lointaine, alors que c'est bien en aval, entre Brooklyn et Staten Island, que le fleuve donne dans ce qui n'est encore qu'une baie. Mais comment ne pas croire à l'image qu'on a sous les yeux, puisqu'on sait, puisqu'on nous a appris que c'est ici, à Ellis Island qu'on aperçoit, que débarquaient les immigrants en foule, puisque c'est là, à moins de six cents mètres, que se dresse la statue de la Liberté qui en témoigne, qui atteste toute cette histoire ? Quoi de plus naturel en effet, pour conquérir un Nouveau Monde, pour y faire fortune, que de voguer vers Manhattan confit dans l'or d'une aube nouvelle, depuis le couchant du Vieux Continent, quoi de plus évident que d'arriver de l'ouest, a contrario de la géographie réelle !

L'esplanade de Battery Park offre les plus beaux crépuscules de Manhattan, mais Pete n'est jamais là pour les contempler. Il s'y rend seulement après la visite, à l'heure du déjeuner ou un peu plus tard – en Amérique il n'y a pas d'heure pour manger seul sur un coin de trottoir en posant son gobelet sur le capot d'une voiture –, il vient simplement en traversant le Winter Garden, il suffit de le traverser pour laisser derrière soi Ground Zero et son enfer de boue et de béton pulvérisé, ne sachant pas trop, débouchant au bord de cette marina de rêve où l'eau même semble immobile, sortant du *lobby* gigantesque aux façades de verre bleuté, ne sachant pas si c'est deux cents mètres ou deux ans qu'il a parcourus ainsi sans effort, ou si, plus vraisemblablement, il a changé de monde comme dans les contes, lorsque apparaissent les châteaux de merveille. Au moment qu'il franchit la porte, il est aveuglé un instant et soudain happé par la chaleur qui l'écrase.

Il déjeune là, si on peut appeler ça déjeuner, sous les arbres de la promenade, en marchant, le temps de trouver, s'il a de la chance, un coin de libre où s'asseoir, à l'ombre c'est mieux, même si l'ombre n'offrait ces temps-ci qu'un répit illusoire à la suffocation. Il est là lorsque O'Malley vient le retrouver, sans doute il l'a suivi tout le temps de la visite.

« Je savais que vous viendriez. Vous ou un autre, à cause de cet Arabe qui est mort. Ce n'est pas moi qui ai fait le coup.

– Que s'est-il passé, l'autre soir, dans ce bar ?

– On s'est battus, lui et moi. En fait, on l'a traîné dehors et on lui est tombé dessus. On aurait pu le tuer, alors, mais ça ne s'est pas passé comme ça et la police est arrivée. Vous savez la suite.

– Il vous avait provoqué ?

– Non. C'est moi qui lui ai cherché des crosses. Bon Dieu, vous savez bien pourquoi.

– Il n'y a pas eu de plainte et le patron du bar a seulement déclaré que le ton était monté et que ça avait dégénéré, une bagarre classique. On n'a pas de liste de témoins et la victime est restée introuvable. Jusqu'à vendredi dernier. Alors, je ne sais pas grand-chose, encore.

– La victime ? Écoutez, commandant, ce type était un musulman, et sûrement un clandestin, pas une victime. Victime, c'est un mot qu'on réserve ici à tous ceux qui sont morts dans les tours.

– Ça ne fait pas de lui un terroriste. On ne peut pas laisser les gens se faire justice. Même vous. Même si vous étiez là, même si vous êtes un ancien flic, même si ça fait de vous un héros, ça ne fait pas de lui un terroriste.

– C'est une guerre.

– Alors, engagez-vous. On n'est pas en Afghanistan, ici, on est en Amérique.

– Je sais ce que j'ai vu. Le 11 Septembre, c'était bien ici, en Amérique, et c'était bien la guerre.

– Peut-être. Ou peut-être pas, d'ailleurs. Les politiciens en décident. En attendant, vous avez eu de la chance qu'il n'y ait pas de poursuites. Vous l'avez revu, après ça ?

– Je ne m'en souviens plus. Je n'y ai plus fait attention. J'ai pensé que je lui avais donné une leçon et qu'il avait dû partir.

– C'est ce que vous vouliez.

– Non. J'aurais voulu le tuer, mais je ne l'ai pas fait.

– On se reparlera.

– Commandant ? »

O'Malley était debout, à quelques pas déjà. Il s'est retourné.

« Vous y étiez ?

– Dans la tour 7, oui. »

Pete lui sourit et lui fit signe de la main de s'éloigner, ses petits yeux dans le vague, rougis comme s'il allait pleurer, puis il tourna le visage vers le fleuve et le ciel et l'horizon de terre bleue tremblant dans la chaleur. Un jour sans aucun nuage. C'était un jour si beau, comme celui-là.

Deuxième partie

CANDICE

Les résultats de l'autopsie étaient tombés, le mardi matin, par fax directement sur le bureau de O'Malley. L'inconnu de Ground Zero avait bien été assassiné. Après avoir été passé à tabac, il avait été frappé plusieurs fois à l'aide d'une barre de fer qui lui avait défoncé la base du crâne. Il avait déjà, alors, les jambes et les côtes brisées, ce n'était pas dû à sa chute. On pouvait penser à une séance de torture rudimentaire, sans coupure ni brûlure, juste des coups, mais assenés avec méthode et un acharnement d'une rare cruauté, précisait le rapport.

Puis le corps avait été déplacé, et jeté dans le puits de forage seulement à l'aube.

O'Malley regardait les clichés qui accompagnaient le rapport, mais les photos de plaies ou de peau prises d'aussi près, aussi gros, ne voulaient rien dire, ça devenait abstrait, on aurait dit des images de la NASA ou des tableaux de Kim En Joong, on y voyait des masses bleues ou noires se former dans des masses grises, comme des taches sur des planètes de gaz. Puis venaient les radios, les côtes avec des fissures comme de la faïence craquelée au four, les jambes, le fémur coupé net dans la cuisse, à mi-parcours, et les tibias, oh, les tibias sont des os qui tournent, ils se déchirent mal lorsqu'ils se cassent, ça part dans tous les sens, il y avait des éclats de tibia, une constellation dans toute la jambe, sous un des genoux éclaté telle une grosse pomme, c'était un carnage.

O'Malley soulevait les feuilles les unes après les autres et les posait sur le côté, incrédule, 4 sur 17, 5 sur 17, il y en avait trop, pas un morceau de corps intact, c'était dégoûtant même pour qui ne savait pas lire tous les clichés.

La main gauche, bouffie en photo comme s'il l'avait plongée dans un essaim de guêpes et, sur l'image d'après, la même aux rayons X, chaque articulation, au départ des doigts, bousillée comme une tache d'encre, avec de petits éclats pointus autour, dans l'enveloppe translucide de la main déformée, filament vert à peine visible dessinant les contours de ce qui ressemblait plus, vu comme ça, à une patte de croco-dile, c'était monstrueux et ça continuait, après venaient les organes dont O'Malley ne connaissait pas trop la forme naturelle, des sortes de sacs aux bords lumines-cents sur lesquels apparaissaient des cratères ou des déchirures plus claires, comme une image en négatif, la rate, la vessie, et ce truc qui ressemblait à un fruit oblong, un lychee, dont une extrémité aurait explosé, se disséminant en filaments crachés autour d'une veine ou d'un tuyau quelconque, alambiqué, enroulé sur lui-même, « Test. G », oh, mon Dieu, O'Malley mit quelque temps à comprendre ce que c'était, une bourse, une de ses couilles avait carrément éclaté.

Il reposa le cliché un peu à part comme s'il était obscène, son regard se promena sur les murs de son bureau, faillit s'échapper par la fenêtre. Il reprit la lecture du rapport, les mots précis et froids du légiste. 167 fractures, plus des deux tiers occasionnées par les coups portés par le ou les tortionnaires. Il repensa à la tête d'oiseau ébouriffé du médecin, ses gestes lents, sa petite voix sans émotion. Il avait compté les fractures. Bien sûr. Le dernier coup avait fait éclater la base du crâne, au-dessus de la nuque. Il avait été porté à l'aide d'une barre de fer, comme les autres. Une note ajoutée à l'intention du commandant, à la main, précisait qu'au vu de la résistance du corps, et des os en particulier, les coups avaient dû être portés avec une violence extrême. Que l'écrasement systématique des os de la main gauche excluait l'œuvre du hasard. Que la douleur occasionnée par certains coups, proprement insoutenable, avait dû faire sombrer assez tôt la victime dans l'inconscience. Qu'on avait donc vraisemblablement continué à la frapper alors qu'elle ne réagissait plus et que des lésions internes irréversibles avaient déjà entraîné des hémorragies massives, autrement dit qu'on s'était acharné sur elle alors qu'elle était apparemment morte.

O'Malley fit venir un de ses agents, programma une réunion pour dix heures, précisa qu'il voulait voir tout le monde, qu'il y avait du neuf. Puis il s'assit et se sentit soudain très fatigué. De nouveau son regard tenta de s'échapper par la fenêtre, mais le ciel, bleu, encore très pâle, ne lui disait rien de bon. On était au début de la troisième semaine de canicule et même les nanas de la météo, sur la chaîne locale, prenaient un air contrit toutes les deux heures pour annoncer qu'on allait battre un record et que ce n'était pas leur faute. Il décrocha son téléphone. Appela le cabinet du chef du Bureau à New York.

«Cette malheureuse affaire ne doit pas interférer avec l'avancement du chantier. Je compte sur vous, O'Malley.

– Doit-on donner une conférence de presse?

– Vous avez vu les médias. Pour l'instant il s'agit d'un accident. Je vais être très clair, O'Malley. Cette histoire ne deviendra un meurtre que lorsque vous aurez un coupable.

– Cependant, j'ai déjà une victime. Je viens de recevoir le rapport du légiste.

– Pas de ce genre de rhétorique avec moi, commandant. Vous m'avez fort bien compris.

– Oui, monsieur.»

« On parle de l'attentat pour éviter le vrai sujet, qui est Ground Zero. Vous y êtes allés ? Au Mémorial ? Encore la pudeur. Vous ne savez pas si ce que vous allez voir là n'est pas de l'ordre d'une sorte de voyeurisme malsain. Après tout, vous savez ce qui s'est passé, à quoi bon le vérifier ? Vous avez tort, c'est très beau, très émouvant. Et puis ce truc du voyeurisme est débile. Ça ne peut quand même pas être juste une attraction pour les touristes étrangers, n'est-ce pas ? Pourquoi construit-on un mémorial ? Pour se souvenir, "en mémoire de", c'est-à-dire en hommage aux victimes, et donc d'abord à l'usage de leurs familles. C'est un gros tombeau. Allons plus loin. Cet endroit signale la mort pour ne pas qu'on l'oublie. Mais pourquoi l'oublierait-on ? Ne sait-on pas bien ce qui s'est passé ? Les familles de victimes n'ignorent pas ce qui est arrivé à leurs proches. Pour les autres, alors. On retrouve l'attraction pour touristes ? Non. Les générations futures ? Bon, pourquoi pas, mais alors relaxons-nous un peu, rien ne presse si le but est l'édification des générations futures. Non, il y a encore autre chose. Pourquoi oublierait-on ? Ça y est, vous y êtes. Parce que ça disparaît. En fait, il y a une raison tout à fait objective. Un mémorial est un musée de la mémoire. Il est fait pour nous survivre parce que nous allons disparaître, nous les témoins. Il est même fait pour survivre à l'homme en général et pouvoir dire qui nous sommes, qui nous fûmes, à ceux-qui-viendront-après-nous. Je blague. Même si la mode des musées est très inquiétante, mais c'est un autre sujet. Non, surtout, ce qui est frappant ici, dans le cas de Ground Zero, c'est la nature même du site. Transitoire. Ground Zero n'est pas un site. C'est ce qui reste des tours jumelles et qui n'est pas encore la tour de la Liberté. À bien des égards, Ground Zero n'existe pas. C'est une fiction. Entre le fantôme du World Trade et le rêve de la Freedom Tower, c'est le lieu de la disparition, il faudrait un mot pour ça, "le-lieu-de-la-disparition", peut-être, "le-lieu-qui-n'est-le-lieu-de-rien", c'est une sorte de paradoxe, oui un fantôme, un rêve, pourtant c'est très exactement cela, Ground Zero, un petit triangle des Bermudes new-yorkais, capable de subtiliser des gratte-ciel. C'est un envers. L'envers de l'attentat, l'envers du monde, de nos vies. C'est la douleur et le mal, la mort, l'absence, l'endroit où les choses que nous connaissons disparaissent en laissant une place vide qui est de la place pour des mots, pour du sens. Une fiction. »

Les étudiants de Simon n'étaient pas toujours d'accord avec sa façon de voir les choses, il passait pour un original, auréolé de son statut de prof invité, étranger, à qui on pouvait passer une manière de penser qui n'était pas tout à fait américaine. Il n'était là que pour quelques mois. On pardonne aux gens de passage. On les trouve même séduisants.

«Dans l'idéal, il faudrait conserver Ground Zero en l'état. Mais ici, aux États-Unis, vous n'avez pas de ruines, rien que des musées. Et en un sens vous avez raison. Les ruines sont passées, les musées présents. Ce serait un peu flippant, n'est-ce pas? Le progrès ne peut que progresser, la croissance que croître, la modernité ne saurait être que moderne, à jamais. Si on conservait Ground Zero, ce serait comme le signe que notre époque aussi a fini par passer. Le sud de Manhattan deviendrait un peu comme la planète des singes, vous vous souvenez?»

Si Brooklyn était une ville indépendante, ce serait la cinquième du pays en nombre d'habitants. À bien des égards, c'est elle qui a fait New York. Pas Wall Street, pas les gratte-ciel aux noms de milliardaires, mais les usines, l'immigration, le port, les vagues de communautés qui fuyaient l'Europe, juifs en tête et depuis pas mal de temps, évadés de Pologne et d'Ukraine, ce sont eux, entre autres, qui ont construit le pont.

Non seulement Candice avait grandi là, mais elle n'en était jamais sortie, même pour des vacances, d'ailleurs de vacances elle n'en avait pas pris beaucoup. Dans ses souvenirs d'enfance, elle avait l'impression d'avoir été tout le temps en vacances. Coney Island avait été la station balnéaire chic de Manhattan, bien avant Long Island, à une époque dont plus personne ne se souvenait. C'était avant-guerre, avant même la Grande Dépression, l'île alors n'était qu'une longue plage bordée de parcs d'attractions, de jardins publics et de petites maisons où se réfugier l'été, loin des appartements surchauffés de Manhattan. Puis il y avait eu la guerre, après quoi apparurent, presque en même temps, la climatisation qui rendit la City supportable et les gangs de jeunes qui rendirent Brighton Beach infréquentable. Les parcs fermèrent, les uns après les autres, jusqu'à ce qu'on rase le quartier pour y construire des logements sociaux. C'est là qu'elle avait grandi avec sa mère, dans une maison de deux étages dont le rez-de-chaussée était occupé par la blanchisserie des voisins, des juifs d'Ukraine qui parlaient encore le russe, parfois, à leurs enfants qui leur répondaient en américain.

Sa mère n'avait pas de voiture et il fallait plus d'une heure, par la ligne Q, pour rejoindre la pointe de Manhattan, alors elle n'y était jamais allée avant ses quinze ou seize ans. Il y avait tout ce qu'il fallait, des fast-foods et des épiceries, il y avait surtout la plage et l'océan, pour amuser une môme à la fin des années 1970. Candice se souvenait de jours entiers passés là sous de petits parasols piqués dans le sable, sa mère si belle, toute brune en robe rouge ou blanche, qui venait les rejoindre à l'heure du déjeuner avec la glacière où elle mettait les sandwiches et la citronnade, et le temps passait, doucement jusqu'au soir, sans que jamais, sur cette plage orientée au sud, le soleil ne disparût derrière un immeuble ou une colline. C'était une île sans ombre, on l'avait appelée ainsi à une autre époque, Narrioch, et dans les souvenirs de Candice il y faisait toujours beau.

Elle disait : « L'enfance n'est pas un temps, c'est un pays, avec du soleil partout et des plages, des grandes roues et des sucres d'orge, des cris d'enfants et une odeur de sel. »

Mais les parcs ont continué à fermer, les logements, mal entretenus, sont devenus vétustes avec le chômage de leurs locataires. Les familles sont parties, les unes après les autres, vers Williamsburg ou le Queens, celles qui pouvaient encore se le permettre, laissant des vides dans le voisinage. Il y avait moins d'occasions de dire bonjour aux gens parce qu'on ne les connaissait plus. De nouveaux Russes sont arrivés et on a commencé à entendre des coups de feu, le soir. On les appelait comme ça, les «nouveaux Russes», et on disait qu'ils étaient une mafia pire que l'italienne.

Candice avait quitté le lycée juste avant de rater ses études, elle avait un temps fait partie d'une bande, multiplié les petits boulots pour se payer des cours du soir dans une école d'art dramatique – au meilleur de son parcours elle avait même joué dans une pub, c'était un moment où elle partageait une colocation avec Juliet, la seule amie qu'elle avait gardée, finalement.

Juliet était étudiante alors, et elle lisait tout un tas de bouquins qu'elle empruntait à la bibliothèque de la fac, parfois même elle en achetait. Elle en parlait à Candice et elle voulait absolument qu'elle les lût, elle aussi.

Elle lui disait : «Si tu veux être actrice, il faut que tu lises des romans et des pièces de théâtre, ce n'est pas dans la vie qu'on apprend tous les rôles. Dans la vie, chacun joue le sien. Dans la vie, tout est quotidien.»

Elles étaient le contraire l'une de l'autre, pourtant ce fut, c'était encore à présent sa seule véritable amie. Il faut croire que les gens qui lui ressemblaient ne réussissaient pas trop à Candice. C'était le cas des garçons, notamment, qui ne restaient jamais bien longtemps, ou juste assez pour lui en faire voir, en général en la trompant avec une autre fille rencontrée dans un autre bar. Jusqu'à Greggory.

C'est Juliet qui le lui avait présenté, à une fête d'étudiants où Candice aurait pu aussi bien mourir d'ennui et d'étrangeté, dans un coin, à siroter son gin-tonic en observant les gens comme des *aliens*. Il devint une sorte de fiancé, parce qu'elle ne voulait pas se marier, ni avoir d'enfants, pas pour l'instant disait-elle, mais ça avait duré des années. Gregg n'allait pas dans les bars, juste une fois toutes les deux semaines, avec ses collègues. Il travaillait au World Trade.

Ça faisait deux ans, déjà, que Candice ne s'en remettait pas.

La sœur de Pete était venue le voir, le week-end qui avait suivi l'incident chez Toni. C'était la seule personne qu'il pouvait prévenir, au cas où les choses auraient mal tourné pour lui, si l'Arabe avait resurgi ou s'il y avait eu une plainte. Pete n'avait pas voulu lui parler, et c'est un policier du deuxième district qui la réveilla en pleine nuit pour lui dire qu'il était là, au commissariat, qu'il ressortirait le lendemain matin sans doute, s'il n'y avait pas de poursuites. Il ajouta qu'il ne fallait pas s'inquiéter et que ce n'était qu'une bagarre, ce qui épouvanta Liz.

Pete était son petit frère. Liz avait tout de suite glissé une tenue de rechange dans un sac de voyage. Après quoi elle avait été incapable de s'endormir et s'était levée deux fois, cette nuit-là, allant à la cuisine, buvant un grand verre d'eau glacée en portant la main à son front pour essayer d'en chasser les mauvaises pensées, l'impression de catastrophe inéluctable qui s'était attachée à Pete depuis qu'il avait perdu son job.

Le samedi matin, elle était dans l'avion et débarquait à New York avant le déjeuner.

Pete lui avait proposé de sortir, d'aller «en ville», c'est-à-dire à Manhattan, de faire les boutiques, il pensait que ça lui ferait plaisir puisqu'elle ne venait qu'une fois ou deux par an, que ça la divertirait, et il pensait, surtout, que ça lui éviterait de lui poser des centaines de fois les mêmes questions au sujet de ce qui s'était passé et de qui était ce type et pourquoi lui, un ancien policier, s'était retrouvé, ainsi, une nuit entière au poste comme un voyou, qu'il devait y avoir une explication puisque ce devait être, évidemment, une erreur ou un malentendu, alors Pete avait essayé de balayer tout ça en riant – c'est ce qu'elle attendait d'une certaine manière, mais sans parvenir à le croire –, il lui dit que ce n'était rien et qu'il avait eu l'assurance des collègues – il disait encore « les collègues » en parlant de la police de New York – que ça ne figurerait nulle part dans son dossier, rapport à son boulot de guide pour la mairie, puis il avait proposé à Liz de faire un tour en ville.

Elle avait dit : « Plus tard, nous irons dîner, si tu veux. Avant je vais t'aider à faire un peu de rangement. » Et ce fut pire que tous les interrogatoires du monde. Pete se laissa tomber sur le sofa devant un match de qualification des Cyclones. Écouter sa sœur lui parler toute seule, c'était comme de regarder une partie se terminer sans lui alors qu'il était éliminé. Il suffisait de dire « oui » de temps en temps, en grognant, et aussi « je sais bien que tu as raison, mais ce n'est pas si facile ». Liz ne lui reprochait rien. C'était pire : lorsqu'il se défendait, elle le plaignait. Jamais une femme dans sa vie, ce désordre partout, la vaisselle égouttée qui n'est jamais rangée, les tee-shirts, les slips qui traînent, les chaussettes, le lit défait, il faut laver les draps, il faut faire un peu de sport, il faut se ressaisir, il faudrait rencontrer une femme, bien sûr, ça sauverait tout, les femmes ont été inventées pour sauver les hommes. C'était un jeu, elle ne pouvait s'en empêcher. Elle faisait partie de ces gens qui ont trouvé dans leur mode de vie une sorte de bonheur écrasant, un bulldozer qui démolissait tout sans le vouloir, autour de lui.

À un moment elle a entrepris de sortir les photos, ça a commencé avec les cadres à épousseter, sur les rayonnages du meuble TV. Pete y était en uniforme, sa casquette sous le bras, il discutait avec d'autres policiers qui avaient exactement la même allure que lui, « fière allure » disait Liz. Et elle répétait qu'elle était fière de son petit frère, « drôlement fière », et qu'il ne fallait pas se laisser aller.

Pete se demanda si elle croyait vraiment ce qu'elle disait. Il se demanda ce que ça aurait fait à sa sœur de le voir l'autre soir chez Toni. Si elle avait pu être là. Et si elle avait pu le voir sans savoir que c'était lui. Ce n'était pas possible, bien sûr, mais qu'aurait-elle pensé de lui, alors ? Elle ne pouvait pas croire vraiment ce qu'elle disait, elle n'aurait pas pu le dire d'un autre Pete, seulement de lui, parce que c'était son petit frère. Les gens ne changent jamais, dans une famille. C'est comme ça. Personne n'a jamais réellement décidé de qui il était, on ne s'est jamais réuni pour distribuer les rôles, et cependant ils sont fixés pour toujours.

« Tu ressembles tellement à papa sur celle-là.

– Il faut que je te montre quelque chose. »

Il s'est levé et elle l'a suivi, descendant Prospect Avenue plein sud jusqu'à la quatrième, ligne R, Cortland Street. Ça a duré presque une heure de silence absolu entre eux, avant de déboucher au milieu du bruit et de la démesure, dans la fournaise de l'après-midi comme redoublée, piégée par les immeubles de trente étages autour d'eux. Liz s'épongeait le front toutes les deux minutes, mais elle n'osait plus parler, ni pour protester ni pour l'encourager, pourtant elle savait bien où il l'emmenait ainsi, elle avait beau ne pas connaître la ville, elle savait bien ce qu'il avait à lui montrer, qu'elle n'avait jamais voulu voir, et elle le suivait cet après-midi-là en silence parce qu'elle savait que c'était, en quelque sorte, la seule chose qu'il avait encore à montrer, comme si c'était intime.

Et tournant le coin de la rue, c'était là, devant elle, étalé comme un paysage, toute la douleur muette de son frère, toute sa vie en miettes, Ground Zero. Il ne disait rien. Il aurait voulu, peut-être, après tout il faisait ça tous les matins pour les touristes. Il expliquait. Il racontait. À elle, non. Il regardait, elle le regardait, comme une sorte de communion, de mystère.

Presque toutes les lignes du sud de Brooklyn finissaient à Stillwell, sur la longue courbe aérienne du métro, le long de la dernière avenue de New York, face à la baie. La station était juste dans le tournant, énorme structure métallique en toile d'araignée blanc et bleu supportant des verrières, un four par ces temps d'été caniculaire qui s'abattait comme une cloche sur la ville. Impossible, en sortant, de rater sur Surf Avenue le célèbre Nathan's, une attraction à lui tout seul, le plus vieux *fast food* des États-Unis et l'inventeur du *hot dog*, en tout cas c'est ce que revendiquaient les multiples pancartes *vintage* qui recouvraient l'édifice. Police de caractères à la Coca-Cola et couleurs vives de moutarde et de ketchup plantaient là, au milieu du boulevard, un décor de filles en robes rondes et patins à roulettes, de Chevrolet décapotables et d'odeur de *bubble gum*. À n'en pas douter, on était en Amérique. Une des images de l'Amérique, de cette uchronie qu'on appelle l'Amérique et qui n'est qu'un patchwork de clichés historiques sortis de leur contexte et voisinant, indifférents les uns aux autres. Ici, c'était les années 1960. Pourtant, il suffisait de remonter Stillwell en bus sur deux arrêts pour vérifier qu'elles avaient mal vieilli. Candice allait manger chez sa mère une ou deux fois par mois.

C'était le même immeuble que dans son enfance, et dans ce quartier populaire, au nord de Neptune, il en restait encore pas mal, ils tremblaient au bord des quatre voies du métro aérien et à deux pas de la gare de triage, en s'émiettant doucement, morceau de façade par escalier d'incendie. La mairie avait un grand plan pour réhabiliter le coin, mais avant tout, pour le retaper, il fallait d'abord qu'il tombât bien bas. Ensuite on pourrait le raser. Reconstruire.

La mère de Candice n'allait pas bien fort et se soignait mal. Elle fumait ses deux paquets de Marlboro, c'était le plus gros de son activité, ça et parler toute seule, avec une voix de robot enroué. Quand elle venait la voir, Candice lui rapportait des cartouches que Toni achetait en Pennsylvanie. Elle avait renoncé à se battre. Sa mère disait : « Quand j'ai eu mon cancer, j'ai continué à fumer et je n'en suis pas encore morte, ce n'est pas maintenant que je vais m'arrêter. »

Candice n'en pensait plus grand-chose. Elle se demandait parfois comment elle ferait quand sa mère serait expulsée. En travaillant, elle ne pourrait pas s'occuper d'elle, et sans travailler elle n'en aurait pas les moyens. Ça ne devait pas être vraiment un problème, puisqu'il n'y avait pas de solution, alors elle pensait à autre chose, elle remuait un peu les souvenirs, les photos avec des parasols piqués dans le sable de la plage, des enfants qui jouent parmi lesquels elle se reconnaissait à peine.

Elle l'aidait à faire ses papiers, surveillait qu'elle touchait sa pension qui couvrait à peine les factures, que le jeune de l'épicerie d'en face n'avait rien volé en la livrant, elle expliquait comme elle pouvait les courriers de la mairie qui parlaient de procédure de relogement et de complexe aquatique.

Elle l'écoutait, surtout, en essayant de ne pas rentrer dans la discussion, d'éviter tous les pièges, toutes les occasions de conflit, et sa mère parlait, pendant des heures, elle continuait sur le même ton lorsque Candice allait dans la cuisine pour faire la vaisselle ou vérifier le frigo, lorsqu'elle allait aux toilettes, ou dans sa chambre chercher une photo, à chaque fois quand elle revenait sa mère était toujours dans le sofa devant la table basse et elle parlait toujours, c'était dingue, elle relevait simplement la tête pour voir si c'était encore à sa fille qu'elle racontait tout ça, ou si quelqu'un d'autre avait pris le relais, et elle continuait de plus belle. Des histoires de voisinage d'il y a longtemps et des saloperies sur le père de Candice. Elle s'en foutait, elle ne l'avait pas connu.

Cela faisait quelques années que c'était comme ça, et ça empirait à chaque visite, du moins c'est l'impression qu'elle avait. Peut-être que dans le fond ça n'empirait pas, que c'était toujours la même chose, mais le temps passant, il semblait à Candice que c'était justement de plus en plus grave, que ce soit toujours la même chose.

En fin d'après-midi, Candice n'écoutait presque plus du tout. Elle se tenait à la fenêtre, guettant l'heure de repartir. Aux coins des rues, sous le métro, la vie réglée des revendeurs de crack commençait à bruire en sentant venir la nuit. Les gosses qui courent dans les allées, les voitures qui ralentissent, et tous les paumés du coin qui sortent de leur taudis pour la promenade du soir, comme des chiens, ni vu ni connu si on n'a pas grandi là, si on n'a pas appris à repérer le manège. Chaque poignée de main c'est un caillou ou un billet de vingt qui change de camp.

La police ne fait rien. C'est une guerre d'usure. Bientôt les habitants eux-mêmes demanderont à ce qu'on rase le quartier.

Pas sa mère. Sa mère est folle. D'une certaine manière elle tient le coup.

Simon avait repris ses entretiens dans un nouveau groupe de parole associatif. Il y avait là une douzaine de personnes de façon régulière, plus quelques autres qui venaient de temps en temps. Pas de psy ou de meneur de jeu, ça ressemblait plus à une sorte de club du lundi soir, dans une salle toute petite qui abritait des cours de musique de chambre pendant la journée. Les pupitres à partitions étaient rangés le long du mur et l'on mettait les chaises en rond. Chaque nouvel arrivant était salué et tout le monde le connaissait par son prénom. Simon avait été présenté par un ancien du groupe, qu'il avait rencontré au début de son séjour.

« Simon est français, et je sais qu'il y en a parmi nous qui sont assez choqués par la manière dont la France a réagi, ces derniers temps. Mais Simon vit ici, à New York, je le connais depuis l'an dernier. Il travaille à l'université. Et puis ce sera peut-être l'occasion de nous expliquer, justement.

– Merci, Franck. En fait, je suis plutôt venu pour vous écouter, si vous m'acceptez dans votre groupe, disons comme ce qu'on pourrait appeler à la fac un auditeur libre. Je ne suis pas spécialement calé en politique, et j'ai bien peur de ne pas pouvoir expliquer

108

grand-chose sur la position de la France. Je suis écrivain. Ce qui m'intéresse, moi, c'est de savoir comment on peut parler de ça, c'est tout.

– C'est exactement ce qu'on fait, ici. Je m'appelle Sally. Bienvenue, Simon. Je suis sans doute la plus vieille dans ce groupe, et moi non plus je ne m'intéresse pas beaucoup à la politique. Chacun a ses idées, c'est la démocratie, c'est bien comme ça. Je peux quand même te demander ce que ça représente, pour toi, le 11 Septembre ?

– Eh bien, d'abord je sais que si vous êtes là, c'est que vous, vous avez été touchés, directement ou indirectement, je sais que Franck travaillait là-bas, par exemple. Alors, je voudrais tout de suite dire que ce n'est pas mon cas. Lorsque j'en parle avec les étudiants, ici, ce qui me frappe, c'est que nous en parlons comme d'une sorte de fantôme. Il est là, il plane sur nos mémoires et nous ne savons pas trop quoi en penser, au juste. Il n'y en a déjà presque plus de traces, à Ground Zero. Les morts sont simplement disparus, ils sont impossibles à enterrer. On ne peut pas en faire le deuil. Et dans le fond, je crois que c'est un peu vrai de tous les morts. Voilà. C'est ce qui me frappe. Peut-être, c'est ce dont j'ai pris conscience ici. On a tous nos fantômes, n'est-ce pas ?

– Je comprends ce que tu veux dire, Simon. On en a souvent parlé comme ça, entre nous. D'ailleurs, on n'échange presque jamais sur ce qui s'est passé, précisément. Il y a des gens qui y étaient et d'autres qui auraient dû y être, certains ont perdu des proches, d'autres des collègues, il y en a qui ont failli mourir ou qui en ont gardé des séquelles physiques, c'est intime, c'est l'histoire de chacun, on peut vouloir partager ça avec les autres, mais ce n'est pas obligé, et ça ne soulage pas toujours, de le dire. Mais c'est plutôt : comment ça nous poursuit. Je comprends bien ce que tu dis à propos de l'avenir et des fantômes. Au fait, je m'appelle Pete. Il y a deux ans, j'étais policier. Ça faisait longtemps que je n'étais pas venu à une réunion. Je suis content de vous revoir tous. »

Tout le monde opine du chef, nous aussi Pete, mais personne ne l'interrompt. Il est massif, tassé sur sa chaise. Il y a quelque chose qui tremble légèrement dans sa voix, comme une flamme quand il y a du vent, elle pourrait s'éteindre à la fin de chaque mot.

« Il y a quelques jours, je me suis battu avec un type. Je sais que c'était idiot. Pourtant, je n'arrive pas à me le sortir de la tête. C'est un musulman, un Arabe qui travaille sur Ground Zero, sans doute un de ces clandestins des chantiers. Bon, on s'est battu, peu importe. Ça fait trois jours, maintenant. Ce matin, il n'était pas sur le chantier ou alors je ne l'ai pas vu. Je sais que c'est stupide, mais je n'arrête pas d'y penser. C'est comme, je ne sais pas, ce que tu disais à l'instant, ce type, c'est une sorte de fantôme. D'un côté, quand j'ai découvert qu'il était musulman, je n'ai pas appelé la police, parce que je sais bien que ce n'est pas un crime, mais en même temps ça a commencé à m'obséder. Je n'avais pas à le cogner non plus, mais c'était là, dans un coin de mon cerveau comme une putain d'araignée en train de lancer des fils à droite à gauche et de me prendre au piège, je ne peux pas m'en empêcher. Je fais visiter le mémorial et le site, le matin. J'explique l'attentat, comment les avions viennent s'emplafonner dans les tours et comment, ensuite, elles s'effondrent. Comment ont été organisés les secours – j'y étais. Je raconte. La poussière chaude comme de la cendre sur tous les visages qu'on croise, l'odeur insupportable de brûlé. Les victimes. Les gens se recueillent un moment devant le chantier et moi je suis là, à côté d'eux, j'essaie de me concentrer sur ce que je vois, pas sur ce que j'ai vu. Je ne veux pas faire remonter les images, alors je regarde les bulls à l'œuvre, les grues qui charrient surtout de la terre, chaque jour j'essaie de mesurer les progrès de l'excavation, le ciment qu'on coule à certains endroits et qui fait des sections grises et plates dans le cratère.

« Je fais ça tous les jours comme une sorte d'exercice. Je pourrais tenir le journal du chantier. Les gens se recueillent, ils pensent à Dieu sait quoi. Si ça se trouve, il y en a qui font comme moi, qui comptent simplement les voitures, les baraques, les grues ou les bonshommes pour ne penser à rien, comme lorsque vous êtes à la messe et qu'il y a un moment de silence, vous regardez les gestes du pasteur parce que vous ne savez pas trop quelle prière vous êtes censé faire. Et puis, il y a une semaine je vois ce type, un peu à l'écart des autres, il passe derrière un Algeco et il enlève son gilet et son casque, c'est ça qui me met la puce à l'oreille. Il pose son casque, il le laisse tomber par terre en fait, et il étale son gilet, il s'agenouille dessus. Je n'en croyais pas mes yeux. Il faisait sa prière, vous savez, il se prosternait comme ils font, en levant les bras et en se laissant tomber en avant comme s'ils faisaient des pompes, à genoux, jusqu'à ce que son front touche le sol, puis il se redresse et ainsi de suite, plusieurs fois. Ça m'a rendu dingue. J'y pense tout le temps, depuis, à cette image. C'était une sorte de profanation. J'essaie de me raisonner, mais je n'y arrive pas. Je n'ai même pas réussi à en parler à ma sœur, c'est la première fois que je le dis à quelqu'un. »

300 billets. Ce n'est même pas le prix d'un téléphone dernier cri, mais c'est suffisant pour se payer un Taurus semi-automatique. Un 24/7 à la détente souple, champion de la cadence de tir, capable de cracher ses onze balles de 9 millimètres en quelques secondes, une arme compacte, exactement ce qui lui convenait.

Lorsqu'il la prit en main, il fut un peu étonné par le contact des petites stries en caoutchouc qui gainaient la poignée large et légèrement bombée à l'arrière, creusée à l'emplacement des doigts. Ce n'était pas désagréable. Ça permettait d'amortir la pression. Confortable, c'est le mot qui lui vint.

Le chien n'était pas apparent, comme sur les Colt où il se recourbe pour protéger le pouce du recul brutal de la culasse. Sur ce modèle, la crosse était très en avant, en décrochage, presque sous la chambre à angle droit du canon. Ça lui donnait un air ramassé et robuste.

« Pas de numéro. »

L'homme éjecta le chargeur d'une pression du pouce, sans modifier sa prise. Celui-ci glissa rapidement, entraîné par son poids, et il le posa machinalement sur la table. Puis il tira la culasse vers l'arrière d'un coup sec, poussa le cran de sûreté vers le haut, la bloquant ainsi, chambre à découvert, canon et guide dépassant, de l'autre côté, au-dessus du rail Picatinny, tel un squelette à nu, luisant, graisse et acier poli, libéré de sa carapace noire. Il entreprit de le démonter comme il aurait fait d'un casse-tête dont il connaissait la solution, pièce après pièce qu'il disposait devant lui dans l'ordre, reconstituant sur la table une vue éclatée de l'arme, une sorte de plan technique.

Ainsi désossé, le Taurus n'était plus qu'un ensemble de tubes, de ressorts et morceaux de carcasse ajustés, aux angles nets et saillants. Reprenant les pièces en main, une à une, il les promenait devant lui sous la lampe.

« Pas de numéro. Il est mieux que neuf.

– Sergueï a dit que tu pouvais me le faire à 300.

– Alors, ce sera 300.

– Avec des balles.

– Bien sûr avec des balles ! Tu me prends pour qui ? Dans une boutique, tu en aurais eu pour deux fois ce que je te demande et il faudrait encore payer un mec pour le nettoyer. Ce n'est pas une histoire de fric. Des balles ! Dis-toi bien, gamin, que si Sergueï t'envoie m'acheter une arme, c'est pour que tu t'en serves.

– Je sais ça.

– Et tu sais t'en servir ? »

Le jeune homme se tut. Il croisa les bras. Regarda vers la fenêtre grillagée les pieds des gens qui marchaient sur le trottoir, de temps en temps. Il coinça le Taurus une fois remonté dans son jean et déposa sur la table l'enveloppe avec les 300 dollars.

« C'était mon premier salaire. »

En sortant, il remonta la capuche de son sweat-shirt, fit le tour de la maison pour récupérer son vélo dans l'allée.

Le silence absolu de l'appartement l'effrayait toujours un instant. Dans sa chambre les rideaux étaient tirés pour ne pas laisser rentrer le jour, mais il finissait par être le plus fort, dessinant le rectangle de la fenêtre en ombres chinoises, montants et barreaux de fer, sur le coton doublé, beige, qui devenait translucide, pâle et doucement lumineux telle une lune noyée dans des nuages blonds. Vers midi, une heure, le soleil vertical finissait par les transpercer tout à fait, projetant au sol une ligne fine, aveuglante dans la pénombre de la pièce. C'était le signal. Elle s'était déjà réveillée plusieurs fois pendant sa courte matinée de nuit, s'était retournée en gémissant un peu, avait fini de froisser les draps en passant une jambe par-dessus, les repoussant vers le bord où ils s'entortillaient et pendouillaient, pitoyables. Candice se levait alors. Elle se redressait et, pendant quelques minutes interminables, exerçant ses yeux étrécis à s'ouvrir, à se décoller, elle écoutait le silence inquiétant de son appartement.

S'asseyant sur le bord de son lit elle observait la pièce, la chaise sur le dossier de laquelle elle avait laissé pendre ses vêtements, devant la table étroite où ronflotait l'ordinateur. À côté des rideaux la commode aux tiroirs à demi ouverts servait de vide-poches. Parmi quelques cadres de photos d'elle s'éparpillaient clés et paquets de cigarettes, tablettes de chewing-gums, facturettes de l'épicerie, un verre d'eau à moitié bu. Au pied du lit, des magazines et quelques brochures de publicité pour le BAM ou les concerts gratuits du parc, le dépliant des tarifs d'un salon de massage chinois où elle s'était promis d'aller avec Juliet le week-end suivant. Il n'y avait, au mur, au-dessus de l'ordinateur, qu'un grand panneau de liège piqué de photos et de cartes postales qu'elle recevait au bar. Des plages et des plages et deux ou trois villes de l'Ouest, qu'elle ne connaissait pas.

Elle passait dans la salle de bains, faisait couler l'eau avant d'enlever son tee-shirt long qu'elle laissait glisser au sol, se regardait quelques instants dans la glace, au-dessus du lavabo, faisait semblant de s'adresser un sourire. Elle prenait sa douche dans la baignoire sans tirer le rideau. Dans le miroir du lavabo en face d'elle, elle voyait son pubis s'assombrir et se mettre à ruisseler et, lorsqu'elle se tournait pour se rincer, les mains sur les reins elle faisait un peu remonter ses fesses, juste pour voir, se disait qu'il faudrait qu'elle retourne courir aujourd'hui ou demain, pour ne pas perdre le rythme, malgré la canicule.

Puis elle passait dans l'autre pièce, le salon tout en longueur dont les fenêtres ne donnaient sur rien, un mur plein de lierre et, au fond, un carré de jardin clos. Elle jetait un coup d'œil à la clim qui pédalait depuis la veille au soir pour maintenir la température au-dessous de 20 degrés, puis s'approchait du bar de la cuisine sur lequel trônait le pot de yaourt vide, la cafetière et le large bol qu'elle n'avait pas eu le courage de débarrasser avant de se coucher. C'était à peu près les seules choses qui traînaient, ça et la télécommande de la TV, un ou deux magazines encore, sur le canapé, et le courrier qui s'accumulait, factures et réclames, sur la grande table en bois, sous une grosse bougie qui faisait presse-papiers. Elle rinçait la cafetière et faisait bouillir de l'eau. Ouvrait le frigo dont les étagères grillagées étaient à peu près vides : jus de fruit et pain en sachet, quelques yaourts d'avance et une boîte en carton avec un reste de nouilles sautées, du ketchup et du lait dans la porte. En attendant que la bouilloire sifflât, elle s'asseyait sur le tabouret haut du bar et posait sa tête dans ses mains, massant ses yeux et ses tempes.

En face d'elle, de l'autre côté de la table et des factures, le seul meuble de la pièce était une sorte de buffet surmonté d'un vaisselier à vitrine. Y trônaient presque seuls au milieu de quelques assiettes dépareillées, de pichets et de plats, les deux gros verres ronds à pied, des verres de dégustation démesurés, très larges et doucement recourbés telles des tulipes géantes, une des seules choses que Gregg avait apportées ici lorsqu'il s'était installé, avec ses fringues et des bouquins. Il adorait le vin.

Une fois par semaine, il achetait deux ou trois bonnes bouteilles au *wine and liquors* de la quatorzième rue. Il avait une prédilection pour le vin rouge italien, chilien ou français, affichait des préférences de régions ou de cépages, se renseignait en lisant des revues spécialisées. Il affectait un snobisme perfectionné, en plusieurs étapes : « je connais les grands crus », puis « je connais suffisamment le vin pour dénicher des perles rares en dehors des sentiers battus », puis « en tant qu'amateur à-qui-on-ne-la-fait-pas, je sais revenir aux valeurs sûres ». Son numéro un était le margaux. Il disait : « De toute façon, avec l'exportation, les douanes, etc., même le très mauvais vin français est hors de prix, alors autant prendre du bon. »

Une fois par semaine, il revenait à la maison avec ses bonnes bouteilles et quelques courses pour faire à manger. Il enfilait le tablier de Candice, qu'on lui avait offert il y a des années lorsqu'elle avait emménagé seule pour la première fois. Il sortait les deux gros verres et les posait sur le bar, versait un fond du premier vin, celui de l'apéritif, et se mettait à cuisiner en parlant fort pour couvrir le bruit des casseroles et des hachoirs. Entre deux ingrédients à découper ou passages à la poêle, il revenait vers elle qui était assise au bar, sur le tabouret, ils trinquaient à chaque fois et, à chaque fois, il l'embrassait, puis ils vidaient leur verre et il les remplissait de nouveau. C'était un soir où ils n'avaient le droit de parler ni de boulot ni de l'intendance quotidienne, seulement de programmer des sorties ou des barbecues avec des copains du dimanche, des rêves de voyages au long cours dans des pays dont on ne parlait même pas à la télévision.

Gregg avait un boulot rentre-tard et lève-tôt. Avec le rythme de Candice, son travail de nuit chez Toni, ils ne faisaient que se croiser la plupart du temps. Alors une fois par semaine, le jeudi, lorsqu'elle ne bossait pas, c'était leur soirée réservée. Pas de télévision, pas de discussion inutile sur l'état du monde, le chômage ou les catastrophes naturelles, pas de débat où l'on ne fait que répéter ce qu'on a lu dans les journaux, qui changeront d'avis la semaine suivante. C'était la soirée des bougies et de la cérémonie du vin, la soirée romantique, appliquée, la soirée du bonheur américain

« à la française ». À chaque fois qu'il revenait vers elle, qu'ils levaient leur verre et les approchaient l'un de l'autre, lentement, les tenant par le pied en essayant de ne pas trembler, avançant ainsi dans l'air comme en lévitation cependant que leurs regards ne se quittaient plus, ralentissant encore en devinant le moment du choc sans le voir, un millimètre ou deux, les yeux plongés dans ceux de l'autre, refusant obstinément de cligner, même lorsque enfin le verre tinte et résonne légèrement, résistant à la tentation de contrôler qu'il n'est pas fendu, continuant de retenir leur regard comme un souffle, leurs yeux qui se rapprochent à leur tour et s'agrandissent, semblent se détacher du visage qui les porte, se ferment enfin lorsque ce sont leurs lèvres, finalement, qui se touchent et s'ouvrent l'une à l'autre, se retiennent et s'embrassent et se pressent, s'étreignent comme des corps entiers dans leur chaleur humide.

Candice n'y repensait pas réellement, enfin elle n'avait pas besoin de se remémorer ainsi chaque détail, mais c'est ce qu'elle avait en tête, ou au fond d'elle-même sans y penser, quand elle était assise là, sur le tabouret du bar et que, se massant les tempes doucement, son regard tombait, en face d'elle, sur les deux verres ronds qu'il avait apportés avec lui lorsqu'il avait emménagé.

Du temps qu'il vivait là avec elle, elle avait conservé peu de souvenirs. Des sensations l'étreignaient comme ce matin, un manque d'air soudain, la pièce était subitement vidée de son oxygène et puis ça revenait peu à peu. Elle s'apercevait que la bouilloire derrière elle sifflait depuis un moment.

Elle avait eu – comment disait-elle ? – « une absence », une absence agréable et honteuse, un peu comme une image de sexe dans la prière.

C'était ainsi – comment en aurait-il été autrement ? Depuis la disparition de Gregg, Candice avait des absences.

Il y a des tas de services fédéraux différents qui sont hébergés dans les locaux du Bureau à New York. Même parmi les équipes de recherches et d'enquêtes, le FBI regroupe une galaxie d'agences très spécialisées qui sont sous la tutelle de différents ministères. La défense, les douanes, la sécurité intérieure se partagent les crimes non seulement en fonction de leur qualification, mais aussi, par exemple, de la nature des victimes ou des coupables. Il y avait une cellule pour les affaires impliquant des vétérans des *marines*, une pour les affaires politiques, une pour les relations avec les «Églises», une pour l'immigration, la drogue, les crimes sexuels, les Américains d'origine, les personnalités politiques, l'intelligence économique ou les espèces protégées des parcs nationaux. Sans parler des agences autonomes, qui ne dépendaient même pas du Bureau et ne rendaient compte de leurs enquêtes qu'à leur propre hiérarchie. On avait beaucoup accusé le FBI et la CIA d'avoir merdé la prévention de l'attentat du 11 Septembre, à force de chasses gardées, et le *Patriot Act* était venu colmater ce manque de communication entre les services en créant avec le terrorisme une sorte de métacrime qui concernait tout le monde et nécessitait une collaboration et une transparence totales. Dans les faits, chaque agence avait créé une superstructure chargée de la lutte antiterroriste. Le problème demeurait cependant, parce que personne ne parlait exactement de la même chose.

Dans un rapport annuel sur l'activité terroriste, le FBI précisait :

« Malgré le fait que de nombreuses décisions de justice, des directives présidentielles et des résolutions votées au Congrès font référence à la question du terrorisme, il n'y a pas de loi fédérale unique faisant du terrorisme un crime spécifique. Les terroristes sont arrêtés et accusés au regard des lois pénales existantes. »

Autrement dit, on avait créé un crime – et même le plus grand des crimes, sans lui donner de définition. Les attorneys, le Congrès, le gouvernement, la CIA et le FBI utilisaient chacun la sienne, qui n'était donc pas une définition du terrorisme ou des terroristes, mais de « l'activité terroriste », pragmatique et suffisamment large pour y ranger à peu près n'importe quoi. Celle du gouvernement par exemple commence au « piratage ou sabotage de tout moyen de transport (y compris un avion, un navire ou un véhicule) ». Dans l'esprit de l'administration, il ne peut pas être question de condamner les voleurs de voitures en tant que terroristes, mais de pouvoir condamner les terroristes dès qu'ils volent une voiture. Cependant, en l'absence de définition claire de ce qu'est un terroriste, le texte tourne en rond dans la plus grande confusion.

Lorsqu'il avait monté son groupe, O'Malley avait improvisé un speech pour les agents qui allaient bosser pour lui. La cellule aurait en charge le site du World Trade, qui devint vite Ground Zero. Tout ratisser, passer au crible, analyser. C'était une chasse et une course contre la montre. Il a été affecté là le jour même des attentats, avec les hommes disponibles sur place.

« Quand j'étais jeune agent, leur avait-il dit, c'était la mode des ovnis. Tout le monde levait le nez. Pas un gamin qui ne regardât le ciel. On attendait de voir quelque chose. Mais quoi ? Bon Dieu ! On ne savait pas. Évidemment, on ne tombait jamais sur une soucoupe, mais on ne pouvait jamais prévoir non plus ce que ça allait être, morceaux de satellites, tirs de fusées, avions furtifs ou météorites. Un ovni, par définition, c'est ce qu'on ne connaît pas. Eh bien, un terroriste, c'est pareil. Ne cherchez rien. Tout ce que vous trouverez aura de la valeur. »

En deux ans, la cellule qu'il dirigeait avait fiché tous les employés du World Trade Center, interrogé chaque survivant, analysé tous les débris significatifs, fouillé les décombres pendant des mois, collectionné les rapports et les empreintes ADN des dents et des fragments d'os par dizaines de milliers. Les gens s'étaient étonnés qu'on eût pu retrouver si vite le passeport d'un des pirates, mais c'était dingue, en fait, tout ce qu'on avait ramassé sur place, de quoi reconstituer des bouts de vies comme des puzzles pour des milliers de personnes.

Le jour de l'attentat, la tour 7, où O'Malley travaillait, avait accueilli le QG des opérations de sauvetage et la coordination des secours, placés sous la responsabilité du FBI, même si, sur place, chacun aidait comme il pouvait sans trop faire attention au grade ou au corps d'origine. Tout était déjà trop tard, de toute façon. C'était même le sentiment dominant de cette journée : l'impuissance. On n'avait pas su le prévoir, pas su l'empêcher, pas su réagir, pas su réparer. On avait déjà perdu cette guerre, voilà, c'est l'impression qu'il avait eue tout de suite.

Avant l'effondrement des tours, pendant une heure, les choses étaient encore rationnelles, elles semblaient encore évitables, les pompiers et les policiers s'engouffraient dedans et faisaient évacuer comme si ç'avait été n'importe quel grand incendie, sans trop se poser de question. C'était le pire des scénarios, mais on pouvait encore agir en appliquant des consignes connues.

O'Malley était dans son bureau. Il n'y avait aucun mouvement, aucun bruit dans les couloirs. Personne ne prenait le risque de quitter son téléphone ou son ordinateur. Il s'était levé, s'était approché de la fenêtre. La sirène d'incendie hurlait dans son dos, battant le rappel de l'évacuation. Il n'y prêtait pas attention, le nez collé à la vitre, la tête penchée vers le haut. Il avait pensé aux ovnis, à ses débuts d'agent.

Un de ses collègues est rentré dans son bureau.

« Nous devons évacuer, mon commandant.

– Le bâtiment n'est pas touché. Ce n'est pas une évacuation. On nous réunit en bas pour un briefing exceptionnel.

– On parle déjà d'un attentat. On attend des ordres de Washington. L'Air Force est déjà là. Il faut rejoindre le *lobby*, mon commandant.

– Ils ne pourront pas faire face à deux incendies à la fois et ils le savent.

– Il faut vraiment descendre, mon commandant.

– Un attentat en direct. Ça ne pouvait arriver qu'en frappant deux fois au même endroit. Ça ne pouvait pas arriver. Sauf ici. Les "tours jumelles".

– Commandant.

– Je viens. »

Et puis la tour sud est tombée, comme si la terre s'était ouverte. Tout le bâtiment s'est mis à trembler et les vitres ont volé en éclats. Il a fallu attendre plusieurs minutes pour ouvrir les portes et sortir sur le parvis. L'air était irrespirable. La poussière faisait une sorte de brouillard blanc qui charriait une odeur de kérosène et d'incendie. On voyait à peine à quelques mètres.

Des blocs se cassaient et chutaient encore dans un bruit infernal, à quelques centaines de mètres seulement, hors de vue. La poussière volait autour d'eux en scintillant légèrement dans la pénombre. Le ciel lui-même était opaque. On aurait dit une éclipse. Ça retombait doucement.

Ils se servaient du col de leur veste pour se protéger le visage, avaient du mal à ouvrir les yeux, n'osaient pas respirer librement par la bouche à cause de l'odeur de brûlé, si présente partout, si forte qu'on avait l'impression de manger des cadavres. Ils étaient gris. Des pieds aux cheveux, gris et blancs tels des spectres.

Ils se regardaient, les commandants, les colonels, sur le parvis de WTC 7, blanchis comme passés à la chaux, roulés dans la cendre, plissant des yeux rougis dans la poussière, toussant à travers leur manche ou le col relevé de leur veston, tassés sur eux-mêmes, aux aguets, s'attendant à entendre de nouveaux craquements dans la pierre et que tout, autour d'eux, tout continue de s'écrouler lentement dans un bruit roulant de tonnerre, secouant des vallées d'échos, s'attendant à ce que le monde entier poursuive sa chute et se brise, aspiré par la catastrophe, que la terre se retourne enfin comme un gant. Ils fronçaient les sourcils, le nez, les yeux, à s'en retrousser les lèvres, essayant de percer le plâtre de l'air où la lumière, à mesure que la poussière retombait, dessinait soudain des rayons solides, jusqu'à percevoir le ciel de nouveau, interdits de le retrouver si bleu et calme et si vaste surtout, le nuage se déchirant peu à peu révélant un ciel vide, un ciel sans paysage, où manquait la tour, dissipée comme par magie, ainsi en quelques secondes, comme par un truc de prestidigitateur, le temps d'un éclair au phosphore et de son artifice de fumée blanche. Elle était là. Elle n'y était plus.

C'était comme une image du futur, une prémonition sinistre.

Il y aurait des morts, des guerres inévitables, et cela ne changerait rien. Ils étaient là, à contempler le désastre, et c'est comme s'ils savaient qu'ils avaient déjà perdu, les commandants, les colonels, aux visages blanchis par la ruine, spectres blafards, c'est comme s'ils étaient déjà morts, ils le savaient bien.

« Mon Dieu, le pire est arrivé.

– Le pire est toujours à venir, O'Malley.

– Alors, c'est que l'avenir vient d'arriver. »

Pete avait menti à O'Malley : après l'agression du bar, l'Arabe avait refait surface à Ground Zero. C'était le mardi matin. La veille, Pete avait essayé d'en parler, il était revenu assister à une réunion de son groupe de parole, avait tenté d'expliquer son geste. Il avait pensé que parler de cette histoire lui permettrait d'avoir les idées plus claires et de les apaiser en quelque sorte. Ce que sa sœur ou la police avaient été bien incapables de lui donner. Il avait eu besoin d'un peu de compréhension.

Les policiers n'avaient pas été trop chiens avec lui. Ils lui avaient même servi une sorte de traitement de faveur, l'avaient placé dans une cellule de dégrisement où il était seul, avaient appelé sa sœur. Au petit matin, un lieutenant était venu lui parler, il prenait son service. « Il paraît que vous êtes un ancien de la boîte », et « Ne vous inquiétez pas, monsieur, je suis sûr qu'il n'y aura pas de suite », et enfin « Faites tout de même attention à ne pas recommencer ». Une poignée de main. Mais il savait que les policiers le traitaient ainsi plus par solidarité que parce qu'ils le comprenaient. Il avait eu un traitement de faveur, mais personne ne l'avait reçu dans un bureau, personne ne l'avait écouté, son histoire n'intéressait personne. Pour eux c'était une rixe de plus dans un bar.

Pete n'était plus un héros. Comme si c'était un truc qui passe.

Alors, il était venu trouver une sorte de pardon dans son groupe de parole. Ça ne l'avait pas soulagé. Il n'y a que Dieu qui pardonne. Et Dieu qui reconnaît les siens. Le reste passe et le gros Pete s'en rendait fou. Le lendemain mardi, pendant qu'il faisait la visite, à chaque fois qu'il avait le moindre angle de vue sur le chantier, il le cherchait du regard. Il redoutait de le voir de nouveau. Et ça n'avait pas loupé.

L'Arabe était là, il l'avait reconnu tout de suite. À sa démarche il lui sembla qu'il n'avait pas eu trop de trois jours pour s'en remettre : il boitait encore, légèrement, mais cela se remarquait. Pete aurait dû en rester là.

Il l'observa longuement, depuis la mezzanine du Winter Garden. Le type faisait les mêmes gestes que les autres ouvriers, il n'était presque jamais seul. De l'épier ainsi, cela donnait un drôle de sentiment à Pete. Pendant deux heures, peut-être plus, à le regarder faire les allées et venues machinales de l'équipe qui surveillait le derrick numéro 1, avec sa patte un peu folle, mais, à part ça, vu de loin, la même allure vraiment, gilet jaune fluo, casque, et une sorte de combinaison entre le vert et le brun, à le voir ainsi tellement semblable à tout le monde, cela lui faisait une impression désagréable. Ambiguë. Ça ne s'explique pas, ces choses-là. Il sentait que ça venait, ça montait en lui comme on gonfle un ballon.

Le gros Pete se grattait la tête et la secouait un peu. Ça ne lui plaisait pas, non. Si on avait été à ce moment-là à côté de lui, on aurait pu l'entendre le murmurer sans doute. Mais il n'y avait personne à côté de Pete, pour l'entendre ni pour le raisonner. Il s'énervait tout seul à contempler, depuis deux heures, ce type qui se comportait comme n'importe quel autre, comme si c'était n'importe quel type, cet Arabe qui avait l'air d'un ouvrier modèle, venu bosser avec sa jambe de travers et sûrement de bonnes douleurs qui le lançaient dans les côtes. Il s'énervait à traquer le moment où il se trahirait et ça ne venait pas. Cela le rendait dingue, Pete, de penser que ce mec-là avait réussi à se fondre ainsi dans le décor ; que personne, à part lui, ne le remarquait jamais. Ça montait comme un ballon en train de se gonfler dans son ventre. Il respirait plus vite.

Il y eut la pause de 14 h 30 et l'Arabe s'assit à l'écart de son groupe. Pete le perdit de vue un moment, parce qu'il était passé derrière une baraque. Il bondit. Descendit deux à deux les marches de l'énorme escalier du Winter Garden, dansant, sautant d'un pied sur l'autre avec ses petites guiboles en caoutchouc et son grand corps carré posé dessus en équilibre, comme les pantins des boutiques de souvenirs qui s'écroulent mollement lorsqu'on appuie sur le bouton, sous la figurine, détendant soudain tous ses fils. Les gens s'écartaient et le regardaient courir, dans le *lobby*, sur le parvis le long de West Street, dans la rue ; il ralentit dans la passerelle du souvenir, essaya de marcher avec des pas longs et rapides, le souffle court et haletant, en jetant des coups d'œil sur sa gauche pour retrouver l'endroit.

L'Arabe était assis contre la baraque en tôle préfabriquée, calée avec des parpaings. Il tournait le dos au chantier. À une dizaine de mètres de lui, un groupe d'ouvriers discutaient ensemble en se partageant des sodas et des bières qu'ils tiraient d'une glacière en plastique. Ils semblaient ne pas le voir. Il avait allongé sa jambe droite devant lui et se massait doucement la cuisse. Menton à la poitrine, sa tête était penchée comme s'il dormait. C'était l'heure, terrible, où il n'y avait presque pas d'ombre. Ground Zero se transformait en four. Pas un souffle. Les drapeaux flottaient sans conviction, ceux qui étaient accrochés aux toits des bulldozers en marche ; les seuls mouvements perceptibles dans l'air, c'étaient les vibrations de la chaleur, les nappes légèrement brillantes qui semblaient ramollir le béton lui-même. Un univers de gorges asséchées, râpeuses comme de la poussière ou du sable, de sueur collante et froide sous le tissu brûlant des tee-shirts, des regards qui rasaient le sol pour ne pas risquer de croiser le soleil. Il était assis là et il ne faisait rien de particulier.

Il ne vit pas le gros Pete rentrer sur le chantier en allongeant le pas et en soufflant comme un bœuf, saluant les agents de sécurité de la porte sud, sur Liberty Street, et prenant par le chemin qui surplombait le derrick jusqu'à parvenir au-dessus de la butte, sur sa gauche, s'accouder à la barricade en planches, reprenant peu à peu le contrôle de sa respiration courte et sifflante, s'épongeant plusieurs fois le front en balançant la tête contre son épaule levée, taches sombres sur sa chemise, plissant les yeux dans la lumière aveuglante, se tassant, coudes sur la rambarde, dos rond, il ne le vit pas se pencher sur lui. Cela dura pourtant plusieurs minutes.

Il ne le vit pas, il ne pouvait même pas s'en douter, mais il entendit le contremaître :

« Vous ne pouvez pas rester là sans casque de protection, monsieur. Vous êtes dans une zone d'accès réservé. »

Il tourna la tête. Eut besoin de mettre sa main en visière pour voir les ombres qui s'agitaient là-haut. Il le reconnut immédiatement. Pete n'était pas le seul boy-scout de 130 kilos de la ville et, ainsi, à une trentaine de mètres, dans l'enfer du chantier qui vibrait de chaleur asséchée, cela aurait pu ne pas être évident. Mais il y a quelque chose d'indéfinissable dans la silhouette des gens qui est comme une empreinte digitale. Il aurait reconnu le gros Pete entre mille, quelles que soient les conditions. Celui-ci montrait quelque chose au contremaître, son badge sans doute, et il faisait marche arrière. Le ton était redescendu et on n'entendait plus ce qu'ils se disaient. L'Arabe n'a pas bougé.

Pete fut raccompagné au bord de l'immense dalle qu'on était en train de couler, près de l'entrée sud. C'était toujours le même grouillement et la même chaleur. Il était en nage. Il aurait été bien en peine de dire ce qu'il lui avait pris, de s'approcher ainsi de l'homme du bar. C'est comme s'il avait voulu lui donner un avertissement, les trucs de flics ou de mafieux de cinéma : « Je t'ai retrouvé, je t'ai à l'œil, je ne te lâcherai pas. » Pourtant, ce n'était pas le genre de Pete.

Il était là, au milieu de la fournaise du début d'après-midi, à l'heure la plus chaude du jour, sur ce foutu chantier qui était sans doute l'endroit le plus chaud de Manhattan, à transpirer tant et plus sous les bras et dans la nuque, dans le creux entre la poitrine et le ventre, il pouvait sentir la sueur perler et ruisseler franchement, comme si ce n'était même plus des gouttes, les unes après les autres, mais une sorte de filet mince et froid, ça courait partout sur lui, le long de sa colonne vertébrale et jusque dans son froc.

Pete n'était pas un mauvais gars. Il était le premier à trouver un peu branque ce qu'il était en train de faire. C'est une chose, dans un bar de nuit, après quelques Sixpoint, de se battre et c'en est une autre de surveiller, de poursuivre, d'intimider ce type. Cependant, il n'y pouvait rien. Il en était obsédé. C'était comme de vérifier vingt fois que vous avez fermé la porte à clé ou éteint la lumière avant de partir au travail. Il avait besoin de revoir l'Arabe. Un ballon gonflait dans sa gorge, une sorte d'œdème des sentiments.

Il ne savait pas encore, au juste, ce qu'il en ferait, le moment venu. S'il se contenterait de lui parler. Dans certains scénarios qu'il échafaudait, il commençait même par lui présenter ses excuses, pour l'autre soir, manière d'engager la conversation. Puis il lui expliquait que ce n'était pas possible, qu'il lui fallait trouver un autre chantier, que ce n'était pas décent en quelque sorte, il n'avait rien contre la religion musulmane, mais ici, à Ground Zero, faire ses prières telles qu'il les faisait, comment ne pas voir là-dedans une sorte de provocation, non, ce n'était vraiment pas possible de continuer comme ça, il fallait absolument qu'il parte, ce n'était pas contre lui, ni même contre l'islam en général, mais il y a des circonstances, il faut comprendre ça, il y a des situations où les choses deviennent inappropriées, déplacées, obscènes, intolérables, « et merde ! ces enfoirés de terroristes ont agi au nom de ton dieu de chiottes, tu crois pas que je vais te laisser l'invoquer comme ça ici ! ». Le gros Pete dérapait sans cesse. Tantôt il s'imaginait qu'il lui raconterait ce qui s'était passé là, avec le plus de respect possible, comme s'il était à son groupe de parole, et que l'Arabe comprendrait forcément. L'instant d'après il secouait sa tête dans ses mains. «Ce pauvre connard ne parle même pas anglais.» Puis il arrivait à se persuader que c'était juste de la curiosité, comme une espèce de travail à finir, qu'il voulait seulement le suivre, de loin, savoir où il vivait et ce genre de choses, et qu'ensuite, sans doute, il serait rassuré; qu'il suffisait de savoir, d'observer, pour que ce fantôme qui le hantait devînt une réalité banale, le musulman de Ground Zero, un ouvrier.

Mais pendant qu'il réfléchissait ainsi, durant tout l'après-midi, à siroter des cafés frappés à la vanille et à la crème, assis en vitrine dans le Starbucks de Church Street, régulièrement la palissade face à lui s'estompait. Surgissaient alors les images, les bouffées d'angoisse du souvenir, les bouffées de haine de l'impuissance. Au milieu d'une phrase, dans son discours imaginaire, il se voyait soudain saisir l'Arabe au col et l'étrangler froidement, lui écraser la glotte d'un seul coup, en y mettant toute la force de ses deux bras, de ses larges mains resserrées, de ses pouces arc-boutés qui s'enfonçaient comme dans du beurre jusqu'à sentir un craquement sec. Il se faisait peur lui-même et faillit renoncer plusieurs fois.

Et puis les choses s'enchaînèrent naturellement. Il le vit sortir du chantier en même temps que d'autres, s'engouffra après lui, en observant une distance prudente pour ne pas se faire remarquer, dans la station de Cortland.

«Un putain de boulot à finir.»

De nombreux étudiants quittaient New York pendant les congés universitaires, et le sud de Washington Square redevenait pour un mois un quartier paisible, si c'est possible à Manhattan. Simon acceptait de rencontrer les quelques qui restaient, multipliant les occasions d'au revoir, de pots d'adieu, le plus souvent dans des bars de Greenwich, de petites terrasses découpées dans le trottoir et entourées de grilles basses en fer noir, dans des rues plus étroites aux maisons plus petites qu'ailleurs, escaliers et perrons de poupées qui lui rappelaient la Hollande. Parfois, il se donnait là l'occasion de découvrir un quartier en laissant le choix du lieu à ses étudiants. C'est ainsi qu'il atterrit un soir chez Toni.

L'endroit n'était pas trop bruyant en semaine. Dans la salle la musique couvrait la plupart des conversations et obligeait les gens à parler fort, ce qui ne gênait pas beaucoup les Américains, cependant le bar comportait aussi un « jardin », une cour de gravillons où l'on avait disposé six ou huit tables blanches en fer, ornées de parasols plus décoratifs qu'utiles : encaissé dans le carré d'immeubles du voisinage, le patio était toujours à l'ombre et il y faisait plutôt bon, disons que la chaleur y semblait moins insupportable. On pouvait y fumer, aussi, tout en buvant une bière, ce qui devenait rare à New York.

Le patron, un vieil Italo qui avait l'air de vivre à Brooklyn depuis qu'il avait eu l'âge de partir y travailler, commis dans une gargote à pizzas, n'était vraiment sympathique qu'avec les habitués, qui constituaient heureusement la majeure partie de sa clientèle. L'ensemble n'était ni beau ni laid. Ce n'était pas de l'ancien, mais du neuf abîmé. Cela avait tout de même, du coup, un petit air de brocante. La serveuse était rousse.

Elle avait l'air un peu déglinguée, comme le bar, vêtue d'un simple débardeur et d'un jean retroussé jusqu'au-dessous des genoux, c'était Candice bien sûr, mais Simon ne la connaissait pas encore, c'était la première fois qu'il venait.

Il était là avec trois étudiants, l'un d'eux habitait les Park Slopes, chez ses parents. Il aimait bien le genre de relations qu'il pouvait nouer, aux États-Unis, avec ces jeunes gens qu'il ne reverrait sans doute jamais. C'était à la fois détendu et professionnel. On l'appelait par son prénom et, dans les discussions qui s'engageaient, chacun faisait état assez simplement de ses opinions sans chercher à plaire ou à briller. C'était l'opposé de la séduction affectée des Français.

Simon ne connaissait pas la serveuse, mais lorsque ses étudiants le quittèrent, au bout d'un moment, pour aller ensemble au cinéma, il décida de rester et commanda une bière. Rétrospectivement, et bien qu'il n'en eût pas conscience sur l'instant, il n'aurait pas pu jurer qu'elle n'y fut pour rien.

Candice avait dans la démarche, dans le geste, elle avait quelque chose de coulant, de fluide, et en même temps une sorte d'hésitation constante, un très léger déséquilibre, elle avait dans toute sa silhouette un mélange de force et d'esquive, ça se voyait tout de suite, dès qu'elle entrait quelque part avec son air de rien et ses manières de maigre, ça se voyait rien qu'à la voir.

Elle n'était certes pas provocante ni sensuelle, ni maternelle, ni même simplement charmante. Pas de petite coupe de cheveux mutine et ajustée, pas de rouge à sourire, pas de mystère autour des yeux. Elle avait les seins si discrets qu'elle pouvait les laisser entrevoir, se baladant librement sous son tee-shirt sans manches, à chaque fois qu'elle se penchait en allongeant les bras, pour servir ou débarrasser une table, c'était insolent, mignon si l'on veut, mais ça n'évoquait pas grand-chose de sexuel.

Lorsque Simon se remémorait cette soirée, ce premier soir chez Toni, il ne se souvenait pas l'avoir remarquée d'abord. Elle vint lui apporter sa bière et s'assit à sa table, comme il était seul. S'alluma une cigarette.

« C'est ma pause.

– Bien sûr, je vous en prie. »

Il fit mine de lire le livre dont il avait parlé avec ses étudiants et qui était resté posé sur la table. Ne la regarda pas pour ne pas la gêner.

« À l'intérieur, je ne peux pas fumer. Et à l'extérieur, en général, je ne peux pas m'asseoir, les tables sont prises. Vous attendez quelqu'un ?

– Non. J'étais là, un moment, avec des amis, mais ils sont partis. Je n'attends plus personne.

– J'aimerais pouvoir dire la même chose. Plus que deux heures. Je finis tôt, ce soir, je suis là depuis ce matin.

– Ce doit être un sacré rythme.

– Revenez un vendredi soir. Vous n'êtes pas d'ici, pas vrai ?

– Je viens de France. De Paris, en France.

– La classe ! Au fait, je m'appelle Candice. »

Elle lui avait tendu la main et, se penchant pour la lui serrer, il l'avait regardée, pour la première fois, dans les yeux. Candice lui souriait et son visage avait la même allure, à la fois franche et fragile, que sa personne entière, cela venait peut-être de son teint, de toutes ces taches de rousseur qui avaient bruni au soleil dans une peau restée pâle malgré tout, tel un nuage se dispersant en moutonnant, sur le nez et les pommettes, s'étalant en milliers de points plus espacés à mesure qu'ils s'approchaient de son cou, cela tenait aussi à ses lèvres sans maquillage, charnues, mais un peu sèches, dont la couleur de rose s'estompait légèrement jusqu'à se perdre, sans démarcation nette avec la peau, n'étaient-ce les stries qui les fronçaient et leur donnaient leur texture tendre de bordure, comme on dit des lèvres d'une rivière, là où la terre grasse se déchire avec mollesse entre l'herbe et l'eau, Candice était belle, à n'en pas douter, mais cela ne se remarquait pas tout de suite, ça tenait à peu de choses, ce mélange, ça venait de la couleur de ses yeux entre le vert et le brun, entre le gris et le glauque, comme un mercure noyé, à cette petite ride bien coupée, au-dessous, qui lui donnait l'air à la fois espiègle et sévère et peut-être blessée, ce pli qui remontait au coin de son regard et se brisait en rencontrant la paupière, devenait alors une pluie de rides plus légères qui ruisselait en souriant le long de ses joues, s'effilochant dans la trame de sa peau-tissu, sa peau-voile, tendue et fine, que le temps commençait tout juste à froisser de sa négligence.

Candice était belle, de ce genre de beauté qui fit penser à Simon, un instant, qu'il était peut-être le seul à s'en apercevoir. Suspendu, penché sur la table pour lui serrer la main, la bouche ouverte pour sourire ou parler, et soudain suspendu, interdit, il se rassit lorsqu'elle glissa sa main hors de la sienne.

« Simon. »

Il passa la soirée, les deux heures qui suivirent, à faire semblant de lire, l'observant à la dérobée chaque fois qu'elle rentrait dans le patio. Il imaginait ce qu'il pourrait lui raconter, n'arrivait pas à se concentrer, changeait de scénario toutes les deux minutes, si bien que lorsqu'il sortit du bar, un peu avant la fin de son service, et l'attendit dans la rue, sur le trottoir d'en face, il ne savait pas encore ce qu'il allait lui dire exactement.

La version de Toni était assez simple. Il était au bar et avait tout suivi. C'est lui qui avait prévenu la police. Le ton était monté. Ça arrivait de temps en temps et, en général, il suffisait qu'il montre un peu les dents pour que ça se calme, mais pas cette fois. Il avait appelé la police à cause de ce que Pete avait dit. Pas parce que la bagarre avait fini par éclater dans la rue, pas parce que le Gros était en train de mettre une sacrée raclée à l'autre gars, et même aidé par un ou deux clients, mais à cause de ce qu'il avait dit, que l'Arabe était une graine de foutu terroriste. Toni ne savait pas trop ce qu'il fallait en penser, mais il n'allait pas prendre de risque avec ce genre de choses. Et d'ailleurs, si c'était le FBI qui venait l'interroger dans son bar, c'est bien qu'il y avait du vrai là-dedans.

« C'est juste que l'homme est mort, finalement. On a découvert son corps vendredi. Je me charge de l'enquête parce que son cadavre a été retrouvé à Ground Zero et que le site est classé. »

O'Malley se tourna vers Candice. Elle le sentit et releva les yeux.

« Et vous, vous étiez là, le soir de la bagarre ? »

Elle le regarda, bouche bée. Pendant un long moment, elle demeura là sans répondre, comme les mômes un peu débiles qui ont tout le temps peur de se tromper. Elle était sur le point de dire quelque chose, elle cherchait parmi toutes les pensées qui traversaient son esprit, elle voulait, mais elle ne savait pas quoi dire, elle ne savait plus quoi, dans sa tête ça ressemblait à une sorte de carambolage sur l'autoroute, ça filait dans tous les sens, ça se bousculait et ça s'emplafonnait, et pas moyen de freiner pour arrêter ça.

Toni se pencha au-dessus du zinc, vers O'Malley.

« Son mari était au World Trade. Il y est resté. »

Puis il s'approcha de Candice, avec un air qui se voulait rassurant. O'Malley fit de même, de l'autre côté du comptoir. Candice les regardait avancer, elle sentait que ses yeux étaient humides, ça faisait ça, parfois, quand elle arrêtait de respirer sans s'en apercevoir, pendant quelques secondes.

« J'étais là. Ça s'est passé comme Toni a dit. C'était très violent. Pete l'a traîné là, dehors, et ils se sont mis à le cogner, ils étaient trois ou quatre. Si Toni n'avait pas appelé la police, je crois bien, enfin on ne sait pas, mais ça aurait pu mal tourner, c'est sûr.

– Vous voulez dire qu'ils auraient pu le tuer ?

– Je ne sais pas. Ils avaient un peu bu. Ils frappaient fort. Pete était vraiment en colère, je crois. Ça me faisait peur. Je sais que j'y ai pensé, oui, je me suis dit ils vont le tuer à taper comme ça. L'autre était par terre, il ne bougeait plus. Ça faisait peur.

– Ne dis pas de bêtises, Candice. De toute façon, ce n'est pas arrivé.

– Et ça s'est fini comment, alors ?

– Toni a crié "Police !". Au début j'ai même pas cru qu'il avait vraiment appelé, j'ai pensé que c'était pour leur faire peur et que ça s'arrête. C'est ce qui s'est passé. Ils sont tous partis, sauf Pete.

– Pourquoi est-il resté ?

– C'est moi qui le lui ai demandé. Le gros Pete est du genre à assumer ses conneries. C'est un ancien flic, vous savez ?

– Je le connais. Il s'est calmé, après ça ?

– Oui et non. Il était assez remonté par toute cette histoire. Je lui ai fait un café pour qu'il dessaoule un peu.

– Vous avez l'air de bien l'aimer.

– Je le connais pas plus que ça, mais ça fait un bail qu'il vient ici. Il a traversé des passes difficiles, à ce que je sais, mais c'est un gars honnête. En tout cas, il ne m'a jamais fait de problème, pas avant ce soir-là.

– Et vous, Candice, qu'en pensez-vous ? Il était vraiment très en colère. Vous pensez qu'il aurait pu vouloir tuer cet homme ? »

Candice se tut. Elle regardait l'officier du FBI en face d'elle et ses yeux flanchaient, ils s'affaissaient et lui glissaient dessus, tombaient sur sa cravate rouge en soie, essayaient de le gravir de nouveau pour soutenir son regard et retombaient sur la cravate. Elle aurait voulu lui dire « non » en face, comme si c'était évident, pour disculper Pete, ou « oui » pour se débarrasser de ses peurs et de son pressentiment, après tout elle s'en foutait du Gros, mais elle n'y parvenait pas. Elle ne savait plus de quoi elle avait peur. Elle se mit à se demander qui était ce mec et si on pouvait lui faire confiance, avec son costume noir et sa cravate rouge, son col de chemise boutonné jusqu'en haut, c'est vrai, d'où sortait-il comme ça ? Il ne transpirait même pas, il devait faire 45 degrés à l'ombre, dehors, et ce type se trimballait en costume-cravate, sans une goutte de sueur sur le front, comme une espèce d'*alien*, et elle se remettait à caramboler des idées dans sa tête, le sang et la fumée, le passage à tabac et les tours qui s'effondrent, le bruit des os qui craquent sur le sol, les coups qui résonnent, et les tours qui s'effondrent, elle jetait tout ça l'un contre l'autre en se disant qu'elle devrait répondre simplement «oui» ou «non», mais elle ne se souvenait plus de la question.

« Il n'avait l'air de rien, un peu paumé peut-être, mais gentil, je lui ai servi un coca. Il souriait, il était calme. Poli, je dirais.

– Vous parlez du mort ?

– Oui. Pete disait qu'il travaillait sur le chantier à Ground Zero. Il disait qu'il était musulman.

– C'est vrai.

– Il disait que c'était un de ces terroristes.

– Nous ne savons pas encore qui il était.

– Alors peut-être qu'il avait raison.

– Il y a toutes les chances que non. Il venait d'arriver. Il n'était pas fiché. Vous pensez que Pete aurait pu vouloir tuer cet homme ? »

Candice regardait la cravate rouge, elle ne faisait plus d'efforts pour tenter de relever les yeux. Tout son visage était penché à présent et elle sentait de nouveau qu'elle avait oublié de respirer. Des larmes montaient derrière ses paupières qui battaient de plus en plus vite, comme un oiseau dans le goudron. Piégée. Elle aurait voulu voir un peu de sueur sur la chemise de O'Malley. Ça l'aurait mise en confiance.

« Mademoiselle ? »

Il s'était penché en avant sur le cuivre du bar pour l'obliger à le regarder. Et toute sa peur s'était changée tout d'un coup en colère.

« Et ceux du 11 Septembre, ils étaient fichés ? Avouez que c'est dommage, qu'il n'y ait pas eu un Pete, alors, pour les tuer, ceux-là, les terroristes, tous ces connards barbus pas fichés, avant que ça arrive, est-ce que vous seriez venu nous demander, alors ? »

Elle se tut.

Écrasa des larmes avec ses poings fermés. O'Malley n'avait pas bronché, pas bougé d'un cil. Toni s'était rapproché d'elle encore un peu.

« On ne sait rien de plus, monsieur. Le gros Pete est ce qu'il est et c'est un vrai costaud. Mais tout ce qu'on l'a vu faire à votre bonhomme, c'est de lui casser la gueule. Maintenant, si vous voulez un verre, c'est ma tournée. »

O'Malley leur laissa sa carte, une à chacun, qu'il déposa devant eux sur le comptoir. Il sortit sans un mot.

Le jeune homme traversa la salle de restaurant d'un pas souple, saluant d'un simple signe de tête les serveurs et les femmes de ménage qui s'activaient à dresser les tables rondes, de toutes tailles, tirant de différents chariots de métal ambulants nappes et serviettes blanches, piles d'assiettes et couverts, corbeilles de pain tranché, cartes des menus, verres à eau. On eût dit une vaste cantine d'hôtel-club, sur quelque littoral à touristes. Dans un coin un buffet géant se remplissait peu à peu de saladiers et de chauffe-plats, d'autres piles d'assiettes et de tout un tas de bacs en inox chargés de crudités en tout genre, de sauces, de fromages débités en tranches ou en dés. C'était une sorte d'immense hangar dont on avait habillé la façade, les murs intérieurs et les plafonds. L'endroit n'avait pas de fenêtres. En leur place trônaient de gigantesques peintures réalistes représentant des paysages de forêts, des champs, les bords aménagés d'un lac où des familles pique-niquent sur des appontements de béton, les femmes portent des foulards colorés qui dissimulent leurs cheveux, ce n'est peut-être pas vraiment Odessa, mais sa banlieue rurale, Illitchivsk, qui sait, ce n'est peut-être pas un lieu tout à fait réel, un mélange de souvenirs et de rêves. Il n'y prêta aucune attention. Pénétra dans les cuisines en prenant garde d'esquiver les chariots et le bataillon de cuistots qui s'y agitaient. Les traversa par la droite, le long des chambres froides, jusqu'à la porte battante qui menait aux bureaux. Il connaissait son chemin. Savait par cœur tout ce qu'il aurait à dire. Il était dans le Jeu depuis longtemps.

Pour autant qu'il s'en souvienne, il avait toujours baigné dedans. Guetteur, depuis qu'il savait courir, reconnaître une voiture de flics à l'allure de son conducteur, et crier, ce n'est pas difficile, puis coursier, à acheminer les capsules, les sachets et les enveloppes, de la planque au coin de rue, cavaler toute la journée. Il n'avait jamais manqué de rien. C'était lui qui payait les sorties et les attractions, au parc, pour ses cousins qui étaient au collège. À quatorze ans, il s'était battu avec son oncle qui voulait qu'il reprenne ses études. Il était parti vivre chez un copain et sa grand-mère, s'était fait une chambre dans leur garage. Elle fermait les yeux sur l'argent et le reste, tant qu'ils ne ramenaient pas de filles à la maison. Il avait pris du grade, s'était vu confier des paquets plus importants, un kilo, parfois deux, ça arrivait comme des pains de farine compressée dans du film alimentaire et il mettait tout un week-end à les préparer dans des dosettes en plastique fermées par des bouchons de couleurs différentes, une semaine c'était rouge, une autre jaune. Il n'avait jamais touché à la came. S'était toujours contenté de ce qu'on lui donnait. Comme un salaire sous forme de pourboires, tous les gens qu'il croisait lui laissaient une liasse et lui-même en redistribuait une bonne partie aux gamins qu'il employait ou à chaque fois qu'il avait besoin d'un service. L'argent circulait, personne n'en manquait jamais. On avait raison d'appeler cela du «liquide», ça coulait entre les doigts. À la limite, sauf quelques dépenses de fringues et de bagnoles, les cigarettes, ce genre de trucs, au bout d'un moment en avoir ou pas ça aurait été la même chose. Il vivait en vase clos. Ne fréquentait que des gars qui étaient dans le Jeu comme lui.

Chacun tenait sa place sans qu'il soit vraiment besoin de fixer les hiérarchies par des titres. Un jour, un mec, plus important que vous, vous offrait l'occasion de progresser un peu en vous confiant une petite part de son business, parce que ça l'arrangeait ou que l'un de ses propres sergents manquait à l'appel, parce que vous étiez déjà en relation pour autre chose et qu'il faut toujours travailler avec des gens qu'on connaît, c'est la base de la confiance, ça permet de tester en demandant de plus en plus, si ça marche on en donnera de plus en plus aussi.

Sergueï était un de ces types plus importants qui connaissaient un paquet de monde. C'est lui qui tenait le restaurant. Tous les soirs, au début du service, on lui apportait une mallette dans son bureau, dont il rangeait le contenu dans son coffre-fort sans même chercher à recompter les liasses. Il notait simplement sur son livre de comptes, sous la date du jour, entre deux et quatre cents couverts, en cash, pour le montant qu'on lui avait livré. C'était presque un million qui transitait tous les mois par son bureau, c'est ce qu'on racontait. Il le déposait à la banque, le déclarait en revenus de son activité, payait sa part de taxes et d'impôts et reversait ce qui restait à des sociétés d'investissement. On avait aussi besoin d'argent propre pour acheter des entreprises, des immeubles et des trains de vie. Le capitalisme offrait tout un tas d'opportunités pour faire fructifier les richesses, d'où qu'elles viennent. Cela aussi, faisait partie du Jeu.

Le jeune homme rentra dans le bureau après avoir donné son nom au champion de catch planté devant la porte. Il fit un pas ou deux en regardant à ses pieds le ciment taché et griffé du sol, s'inclina profondément avant de relever la tête vers son nouveau patron.

J'étais là.

Ils ont parlé d'un accident d'avion et j'ai allumé la télé. Ils ont dit que les pompiers étaient déjà sur place. Je ne savais pas si je devais avoir peur. Il y avait toute cette fumée, ça donnait envie de sortir dans la rue pour voir, mais on n'aurait rien vu d'ici, on ne peut apercevoir Manhattan que depuis les Heights ou Cobble Hill, alors je me suis assise sur le sofa, j'ai continué à regarder la télé. Le numéro de Gregg à son bureau était dans le tiroir où l'on met les papiers, les trucs utiles comme le proprio ou le syndic de l'immeuble. J'ai essayé d'appeler, mais ça sonnait dans le vide. Ils parlaient d'évacuation, d'ascenseurs en panne. Je ne savais même pas à quel étage il travaillait. En fait, je ne savais même pas dans quelle tour. On disait toujours « le World Trade », les tours étaient jumelles alors on n'avait pas besoin de distinguer, on disait « les Twins ». Mais le téléphone sonnait dans le vide. J'ai pensé qu'ils faisaient sans doute évacuer les deux tours en même temps, en cas d'incendie. J'ai fini par me persuader qu'il devait être dans l'autre, celle qui n'était pas touchée. J'ai pensé qu'il appellerait, plus tard, j'ai réfléchi à toute la chaîne de gens qui devraient les prendre en charge, il y aurait sans doute, au sol, des postes de premiers secours et des policiers qui dirigeraient tout ce monde et les interrogeraient peut-être, il n'aurait plus accès à sa voiture, dans le parking en sous-sol, il devrait marcher, chercher un café ou quelqu'un qui aurait un téléphone portable, et si ça se trouvait même il serait sorti sans son portefeuille, dans la précipitation, il fallait s'attendre à ce qu'il appelle plus tard, peut-être longtemps après, une heure ou deux, je n'en savais rien, moi, comment se passait une évacuation, je faisais simplement des efforts pour rester calme, pour attendre. Et j'ai attendu.

J'étais là. Devant la télé. Quand le téléphone a sonné, j'ai cru que mon cœur allait exploser dans ma poitrine. C'était Juliet qui venait d'être au courant. On est resté très peu de temps à en parler, parce que j'attendais le coup de fil de Gregg. Je ne sais plus ce qu'on a dit. En raccrochant, j'ai éclaté en sanglots et puis je me suis reprise. J'avais eu tellement peur. Pour la première fois, je me suis dit que le téléphone sonnerait, quoi qu'il arrive, mais que ce ne serait pas forcément Gregg. S'il arrivait malheur. Et cette simple pensée me terrorisa comme un pressentiment. Il s'était passé quelques minutes à peine. J'ai vérifié peut-être vingt fois que le combiné était bien raccroché, puis j'ai fini par aller prendre une douche rapide en laissant la porte de la salle de bains ouverte pour l'entendre, au cas où. Je voulais m'habiller, pour être prête, au cas où. Je ne savais pas quoi. J'avais conscience qu'il fallait faire quelque chose, de petits gestes, en attendant, mais en attendant quoi ? Il était à peine ou tout juste neuf heures. Quand l'eau a arrêté de couler, j'ai entendu beaucoup de bruit qui provenait de la télévision, plein de cris et les journalistes de CNN qui gueulaient eux aussi, j'ai couru. Dieu !

J'étais là. Le deuxième avion, il va vite et pas tant que ça, dans le fond, on pense qu'il pourrait encore l'éviter, il tourne un peu sur lui-même et on croit jusqu'au bout qu'il va rater la tour. Lorsqu'il explose dedans, ça forme une boule de feu et de fumée tout de suite très noire, comme on n'en a jamais vu, et il y a une sorte de cascade de fumée plus blanche qui coule tout le long de la paroi de la tour, vers le bas. On dirait un volcan. Il y a eu des secondes de cris sans paroles à la télévision et moi aussi je me suis effondrée en criant. Je ne me souviens plus bien, après. J'étais sur le sofa. J'étais encore toute mouillée, parce que je sortais de la douche, je tenais le coussin, le rayé, qui est encore là, je le tenais contre moi et je le serrais très fort et je pleurais. J'avais l'impression que c'était un cauchemar, quand vous n'arrivez pas à éviter les choses qui vous tombent dessus, des camions, des murs, vous courez et ce n'est pas une course, mais une chute, ça se passe et ça vous écrase de terreur, vous devriez vous réveiller ou trouver un truc pour tout arrêter, mais ça continue, encore et encore, vous ne pouvez même pas fermer les yeux puisque vous dormez déjà, vous essayez de toutes vos forces, mais vous n'y arrivez pas et c'est ce qu'il y a de plus horrible, cette dernière impuissance, d'être obligé de regarder, comme dans un cauchemar.

J'ai pensé y aller. Je me suis dit, il faut y aller, il faut que je retrouve Gregg. Les voisins avaient un pick-up qu'ils n'utilisaient que le week-end. J'aurais pu leur demander. Je suis sûre qu'ils me l'auraient prêté, pour aller chercher Gregg. Mais j'avais peur qu'il appelle finalement, qu'il ne trouve personne. J'ai refait le numéro de son bureau. Les lignes étaient à présent coupées, ça ne sonnait plus du tout.

J'étais là, je ne savais plus quoi faire.

Il n'y avait déjà plus rien à faire.

J'ai même pensé éteindre la télé, mais je ne pouvais pas. À chaque fois qu'on voyait des images de foule, des gens sur les plazas des immeubles alentour ou à la pointe de Battery Park, à chaque fois qu'une caméra s'approchait des tours, qu'on voyait des gens affolés dans les rues qui restaient plantés, tous à regarder dans la même direction, j'essayais de reconnaître son visage.

J'étais là. Devant le poste et je n'ai rien vu. Il n'est pas réapparu.

On avait de plus en plus d'images. « *Courtesy Pax News* », « *courtesy* machinchouette », CNN balançait l'avion dans la tour sous un angle différent toutes les cinq minutes et, à chaque fois, c'est le cauchemar qui revenait et mon cœur, pour une demi-seconde, qui suspendait son battement, pas bien sûr que ça vaille le coup de revivre ça. Dans les prises de vues les plus lointaines, depuis le New Jersey, je me souviens que les Twins paraissaient gigantesques. Elles dominaient très nettement toute la ville, avec le panache de fumée noire qui s'élevait comme ça, presque tout droit, c'était flagrant, elles étaient incroyablement hautes et puissantes, c'est la première fois que je m'en rendais compte, je veux dire à ce point-là, parce que tout à coup, d'être si démesurées, c'est ce qui les rendait curieusement fragiles.

J'essaie de raconter ça dans l'ordre, mais évidemment c'est dur de faire abstraction de ce qui s'est passé ensuite.

Les commentaires des journalistes m'effrayaient. Ils parlaient de « facture », de « bilan humain ». À chaque nouvelle information qui arrivait, c'était un peu plus difficile d'imaginer Gregg en vie. Même les policiers interrogés aux coins des rues du voisinage avaient l'air hagard. Des sirènes retentissaient partout, jusque dans Brooklyn. Puis il y a eu les avions de chasse de l'Air Force, qui faisaient un bruit infernal. Je ne les ai pas vus passer, parce que je suis restée chez moi, j'avais peur.

J'étais là. J'étais sur le sofa. J'avais fini par enfiler un jean, je crois. J'aurais tant voulu pouvoir faire quelque chose, mais j'en étais incapable et il n'y avait rien à faire. Alors, je me suis mise à compter jusqu'à soixante en regardant la petite horloge numérique qui venait de changer de minute, sous l'écran. Je me disais, Gregg va appeler. Le téléphone va sonner si je parviens à compter pile, et que l'horloge passe à la minute suivante exactement lorsque j'arrive à soixante. Gregg va appeler à neuf heures vingt-six, ça fait trente minutes qu'ils ont commencé à évacuer. Ce n'était pas facile de rester sur le rythme des secondes jusqu'à soixante, j'y arrivais deux fois sur dix, je me disais, à chaque fois que c'était la bonne, il va appeler à trente-quatre, à trente-huit, et je m'en voulais bêtement parce que le temps passait et que le téléphone ne sonnait toujours pas, à cause de ma stupidité, j'arrivais si rarement sur le bon chiffre au bon moment, il suffisait que je me laisse déconcentrer par les images ou les commentaires, alors je fermais les yeux, les ouvrais quand j'arrivais vers la fin, je me disais il va appeler à quarante-sept c'est sûr, et évidemment ça ne venait pas. C'était mon espoir, qui s'égrainait en comptant les secondes. Il n'y en avait plus pour longtemps.

Quand la tour a dégringolé, je l'ai regardée tomber, bouche bée. Je m'en souviens, j'ai eu le sentiment d'assister à un suicide. Le type saute, vous ne pouvez pas le retenir. Les choses ont l'air de se passer au ralenti, parce que votre œil a le temps de tout voir, mais vous, vous n'avez pu faire aucun geste, la seconde d'après il n'est plus là, il s'est écrasé, il est mort.

J'étais là. J'ai eu l'impression que la tour se suicidait.

Après je ne m'en souviens plus trop. J'ai tout de suite su que Gregg ne reviendrait pas. Les jours qui ont suivi, tous les jours qui conduisent à aujourd'hui sont flous. Il y a eu des moments pénibles, bien plus tard encore. Un type est venu m'expliquer qu'ils avaient besoin d'un prélèvement ADN pour l'identification des victimes. J'ai dit que je pourrais sans doute le reconnaître, s'ils avaient retrouvé Gregg, mais l'homme a pris un air gêné. Il m'a expliqué qu'ils n'avaient pas vraiment de corps, juste des fragments, c'est le terme qu'il a employé, des petits bouts d'os impossibles à identifier. J'ai donné une brosse où il y avait des cheveux à lui et à moi. J'y repense souvent. Elle doit être quelque part, dans une armoire en fer, dans un sac en plastique étiqueté. Elle n'avait rien de spécial, cette brosse, je n'y avais pas fait attention pendant des années. Et puis soudain, c'était devenu un des derniers objets où il y avait son empreinte, sa trace, son ADN, ce n'était pas rien finalement. Je ne sais pas. De toute façon, je ne l'ai plus.

Il y a eu aussi la fois où le livreur m'a réveillée, pour un colis. Je n'en reçois jamais. Il a sonné plusieurs fois et j'ai ouvert la fenêtre de la chambre, mais le paquet était trop gros, il ne passait pas à travers les barreaux.

J'ai fait le tour et je me suis retrouvée comme une conne, en culotte et tee-shirt, dans la rue, à signer son reçu sur un petit boîtier informatique, après quoi il est remonté fissa dans son camion et a redémarré en trombe. C'était une boîte, semblable à un carton d'archives, emballée dans un papier kraft. Il y avait le sceau du gouvernement dessus et l'étiquette de l'expéditeur indiquait une boîte postale du FBI à New York. J'étais tellement interloquéé que je l'ai ouverte, là, sur le trottoir devant chez moi. Je ne m'y attendais pas du tout, parce qu'on ne m'avait pas dit que ça se passait comme ça. Je n'y pensais pas, ce jour-là, au moment où je l'ai ouverte. À l'intérieur il y avait quelques objets que j'ai tout de suite reconnus. Bon Dieu ! Je ne saurais même pas dire. C'était effrayant. Qu'ils aient réussi à les retrouver. Qu'il n'y ait que ça. Qu'il ne reste que ça d'un homme. Un portefeuille au rabat en partie déchiré, un briquet argenté à ses initiales, une montre cassée qu'il gardait dans un tiroir de son bureau parce qu'il faisait une allergie au nickel, la chevalière de sa fac qu'il ne mettait jamais et un petit cadre sans verre où trônait une photo de lui avec son patron, devant le logo de l'entreprise. Et c'est tout. Dans son portefeuille, son permis de conduire et d'autres cartes, et un photomaton de moi qu'on avait pris l'été précédent à Coney Island, un jour qu'on était allé voir ma mère. On avait passé la soirée sur la plage, devant le parc du Cyclone. Voilà tout ce qui me restait.

Qu'est-ce que tu veux faire avec ça ? J'ai tout remis dans la boîte, tous les objets que j'avais éparpillés sur le trottoir en pleurant, je suis rentrée, j'ai rangé la boîte dans le placard, celui de ma chambre, et, comme je tombais dessus tous les matins, j'ai fini par la mettre en haut, derrière les couvertures.

Je ne connaissais pas ses collègues, je n'ai jamais rencontré ses parents qui habitent à Seattle. Ils ont failli venir au printemps, mais ça ne s'est pas fait. Je crois qu'ils seraient venus s'il y avait eu une tombe, ici, quelque part. Il n'y a que moi. Ça doit être un peu intimidant, de faire ce voyage juste pour venir me rencontrer, une belle-fille qui n'a jamais voulu se marier et qu'ils n'ont pas connue. Alors, ils restent là-bas avec leurs souvenirs à eux, de quand Gregg était gamin, les bonnes notes à l'école, les parties de pêche, les premières petites amies qui ont fait leur vie dans le voisinage. Le Gregg que, moi, je n'ai pas connu. Sa mère m'appelle de temps en temps, de moins en moins souvent. Elle pleure à chaque fois. J'essaie d'être gentille, mais bon, il n'y a pas grand-chose à dire. Je ne sais pas trop où j'en suis, moi-même. On était encore jeunes, tous les deux, on était un couple plutôt rigolo, je crois, on n'était pas trop conventionnels. On s'aimait, surtout. On a vécu ici quelques années heureuses, dans cet appartement, ça oui, il y a eu de bons moments. Si je devais partir d'ici, il ne resterait rien de tout ça. Ma petite boîte. Que dalle. Je me fais penser à ma mère avec ses vieux murs.

La vie a continué, c'est ce qu'elle fait toujours. Ça fait deux ans bientôt. Je ne veux pas être de ces gens qui se jurent qu'ils ne diront jamais plus je t'aime. Mais comment faire ? J'ai envoyé balader le psy conseillé par Juliet en lui disant que je n'étais pas malade, mais triste, simplement triste. Ça ne se soigne pas, n'est-ce pas ?

Je n'y pense pas si souvent. Ça vient, ça ne prévient jamais. Je crois que je n'ai pas changé. Pas vraiment.

Je ne dirais pas des trucs comme « une part de moi est morte avec lui ce jour-là », ce genre de choses que les gens disent, mais qui ne veulent rien dire. Ce n'est pas cela.

Il y a cependant une Candice qui est restée sur ce sofa. De temps en temps je reviens la hanter. Je m'assois, là où elle se tenait. Je fais cela parfois, la nuit, quand il n'y a presque aucun bruit dehors. Je n'allume pas la lumière. Je touche le coussin rayé. Si je l'attrape trop vite à pleines mains je pleure, alors je le caresse un peu, d'abord. L'écran de la télé est noir, plus opaque encore que le noir autour. Sa petite pendule numérique clignote. Je me mets à compter jusqu'à soixante. Si ça ne me fait rien je retourne me coucher, énervée, je prends un somnifère. Si je pleure avant d'arriver au bout, que ça vient doucement, je sais que Candice est là. Je m'endors avec elle.

J'étais là.

On voyait l'air onduler comme un voile au-dessus du capot des voitures arrêtées au carrefour. On n'était que le matin pourtant. C'était le vingt et unième jour consécutif de canicule, d'après la météo, et la quatrième semaine à venir ne présageait rien de bon. Les agriculteurs se plaignaient à la télévision d'une mauvaise récolte en perspective ; en Virginie, on avait commencé à ramasser le tabac avec un bon mois d'avance. Il y avait de nouveaux morts, desséchés par la fièvre et le manque d'eau, des vieux qui oubliaient de boire. Le service des ordures de la ville de New York menaçait de faire une grève si on ne leur versait pas une prime qui, paraissait-il, leur avait été octroyée en 1926, date des dernières chaleurs comparables. Les mouettes elles-mêmes, racontait le responsable syndical des éboueurs, au micro de la chaîne locale, les mouettes qui vivaient sur la gigantesque décharge de Fresh Kills s'évanouissaient en plein vol dans les vapeurs de méthane. Cependant, les experts du climat assuraient que rien n'était comparable à ce qui arrivait alors, puisque c'était un réchauffement qui n'était pas cyclique, mais seulement dû à la pollution. Cela faisait des débats, des *talk shows*, d'autres experts étant d'avis contraire, un jour on a même vu un professeur d'histoire médiévale de Yale assurer que le Moyen Âge avait connu lui aussi ses périodes de réchauffement et de glaciation. Tout ça ne rassurait pas beaucoup les gens qui regardaient fondre le bitume aux abords des zones de travaux, leurs cheminées jaunes qui fumaient comme autant de petits geysers aux coins des rues. Beaucoup ne sortaient plus de chez eux s'ils n'y étaient pas contraints par leur travail. On voyait de plus en plus de mamies en plus ou moins bon état faire leurs courses la nuit, dans les supermarchés.

O'Malley demanda à voir le conducteur de travaux du secteur ouest. Il s'était coiffé d'un casque de chantier estampillé visiteur. On le voyait arriver de loin, dans son costume sombre, sur la dalle crayeuse et aveuglante où les excavatrices à chenilles faisaient des chemins éphémères de poussière, de drôles de demi-cercles qui se croisaient sans logique apparente. Il avançait lentement, au milieu du vacarme, s'immobilisant parfois pour laisser manœuvrer un engin dont il ne savait pas où il allait ni s'il était sur sa route invisible. Un conducteur l'insulta en passant en trombe à moins d'un mètre de lui, oh, ça ne devait pas faire plus de vingt kilomètres-heure, mais la taille du bull, le bruit effrayant de son moteur, ses roues pleines, presque aussi hautes qu'un homme, laissèrent O'Malley sur place, blanchi de poussière, le bras enroulé autour du visage pour se protéger tant bien que mal, toussant et crachant ses poumons pendant quelques secondes. Se redressant il s'essuya les yeux du dos de la main, renonça à secouer la craie sur son veston. Il regarda autour de lui. Constata avec plaisir qu'il ne reconnaissait rien. Malgré la chaleur et l'anarchie apparente du chantier, malgré la brutalité de la terre et du béton, le bruit assourdissant, l'aspect d'éventration du site entier, ça n'avait rien à voir. Ça reprenait même, par endroits, allure humaine si l'on peut dire. Les travaux de déblaiement continuaient en vue de la réouverture d'une station de métro provisoire en novembre, on était à peine quelques mois après le vote du projet de Libeskind, et ce n'était déjà plus tout à fait Ground Zero. C'était étrange. Ça n'avait déjà plus grand-chose à voir avec l'attentat, à moins de lever la tête. Chercher à s'imaginer dans le bleu du ciel trop vaste et trop bleu, trop plein de lumière et de soleil sur des centaines de mètres sans rien à hauteur d'homme, les tours monumentales qui s'étaient volatilisées.

Si on l'avait laissé comme ça, comme aujourd'hui, ce serait devenu un lieu neutre, comme après une catastrophe naturelle, un cyclone peut-être, le plus petit cyclone et le plus violent jamais enregistré, une curiosité météorologique, qui se serait formé juste là avec toute la puissance de la nature et se serait simplement dispersé ensuite, vent et nuages, couloirs de brise entre les immeubles.

Ce serait comme le plus petit désert du monde.

O'Malley retrouva son homme. Se présenta, mais ça n'eut pas l'air de l'impressionner beaucoup. Pour ce qui concernait les travaux, le chantier était sous la responsabilité des autorités portuaires de New York, à travers la société de construction montée par le maire et le gouverneur de l'État, la Lower Manhattan Development Corp. Évidemment, les finances étant ce qu'elles sont, la LMDC s'est empressée de sous-traiter la plupart des tâches de terrain à une myriade de boîtes de BTP qui permettaient de faire quelques économies sur les salaires.

« Vous saviez que cet employé était un sans-papiers ?

– Je ne le connaissais même pas.

– Gardez ça pour l'immigration et les frontières. Et laissez votre patron se démerder avec l'administration fiscale. Que pouvez-vous me dire sur lui ?

– Je tiens pas à ce que mon nom apparaisse. C'est un bon job.

– C'est une simple conversation. Si j'avais eu besoin d'une déposition, vous seriez dans mon bureau, bon job ou pas.

– Vous savez, j'y suis pour rien, moi.

– Si je pensais que vous y êtes pour quoi que ce soit, et si, par exemple, j'avais des éléments de soupçons impliquant votre ouvrier clandestin dans une entreprise terroriste, vous auriez déjà troqué votre bleu de contre-maître contre une combinaison orange. Je suis clair ?

– Eh attention ! J'en savais rien, moi, je ne le connaissais pas, ce mec. Un camion nous amenait des journaliers, le matin, des types qui venaient bosser la journée, filer un coup de main. C'est qu'il fait pas froid, par ici, le travail est dur et j'ai déjà des gars qui sont tombés malades.

– Il y a eu des problèmes avec les ouvriers réguliers ? Des jalousies ? Des bagarres ?

– Pas que je sache. Y a bien eu, l'autre jour, il y a une semaine peut-être, vous savez, celui qui fait visiter le mémorial provisoire.

– Je le connais.

– Eh bien il est venu, comme vous, pour poser des questions sur ce type.

– Et qu'a-t-il fait ?

« – Oh rien. Je lui ai dit de partir, parce que c'est une zone d'accès restreint, ici. C'est tout.

– D'où vient le camion ?

– Qu'est-ce que j'en sais ? Les mecs parlent deux mots d'anglais, mais c'est pas grave, parce qu'ils sont durs à la tâche.

– Oui, mais le camion ?

– Brooklyn je crois. Le patron est un Ukrainien. Ils ont des immigrés là-bas, à Brighton Beach, qui viennent de je sais pas où.

– Des Arabes, comme lui ?

– C'est possible. Les traitent comme du bétail. Je vous assure qu'ils sont moins bien nourris que les Noirs ou les Portoricains du Queens. Vous savez, toutes les équipes ont leurs journaliers.

– Je sais. Je vous ai dit que ce n'était pas mon problème.

– C'est tout ce que je peux dire. L'entreprise qui me fait mes fiches, c'est la Mobetex. Je ne veux pas d'ennuis.

– Vous n'en aurez pas.

– Et je vous jure que je savais pas.

– Quoi ?

– Que c'était un terroriste.

– Ce n'en était pas un.

– Ah. Bien. »

En prenant congé, O'Malley garda la main de l'homme serrée dans la sienne. Il se pencha vers lui pour ne pas être obligé de crier à cause du bruit des machines.

« Mais ça aurait pu. Ça ne vous dérange pas, vous, qu'on emploie ici des étrangers dont on ne sait rien, des types qui viennent peut-être de Tchétchénie ou d'Afghanistan, des musulmans qui pourraient aussi bien être des terroristes ? »

Le bonhomme regarda O'Malley avec un air effrayé, comme si on venait de lui dire qu'il avait une arme pointée sur la nuque. Et puis sa grosse bouche s'élargit et se détendit un peu, et il finit par rire franchement.

« Vous me faites marcher, c'est ça ?

– Pas du tout.

– Eh bien, je n'y avais jamais pensé. Mais, sauf votre respect, monsieur, il n'y a plus grand-chose à faire exploser, ici. »

Il fit mine de regarder autour de lui, à droite, à gauche, et O'Malley ne put s'empêcher de l'imiter, de regarder à son tour. Le soleil faisait briller des pare-brise et des casques, et voilait les silhouettes dans le mouvement flou de l'air embrasé. De petits nuages de poussière tournoyaient autour des camions. C'était juste le plus petit désert du monde.

Simon passait de longs moments, chez lui, la nuit, se relevant sans allumer la lumière. Puisqu'il n'y avait pas de volets il faisait toujours clair. L'appartement baignait dans une fluorescence dorée qui soulignait le contour des choses, juste assez pour s'y repérer par cœur, éviter les obstacles sans tâtonner, reconnaître les livres sans les lire. Dans le placard de sa chambre il conservait, à côté du sac de voyage vide où il rangerait bientôt, pour repartir, ses piles de tee-shirts et de jeans, la valise en cuir jaune, sanglée, dans laquelle il avait disposé les papiers, les photos, les lettres et quelques objets, parmi lesquels un vieux portefeuille raidi comme du carton, un calendrier dateur publicitaire, en miroir, un «Gerrer» à l'effigie d'une marque de tabac ancienne, et une sorte de gros classeur en bois fermé aux quatre coins par des vis et des écrous papillons. Un herbier qu'il avait récolté, petit enfant, au cours de deux ou trois étés consécutifs, à la campagne, avec sa mère. Il s'en saisit et l'apporta dans l'autre pièce, sur la table basse devant le sofa, sous l'immense fenêtre en Cinérama. Il dévissa les écrous, les disposa avec précaution sur la table en verre où ils ne purent s'empêcher de tinter, de rompre l'harmonie du silence de l'appartement et du bruit ronflant, diffus et enveloppant, continu, de la ville. Il hésita. Souleva la planche doucement, la faisant coulisser le long des vis, millimètre par millimètre, essayant de la maintenir horizontale pour ne pas qu'elle s'y accroche, la posant finalement à côté, à plat, sans la retourner.

Emprisonné là, privé de respiration depuis peut-être un quart de siècle, l'herbier n'en profita pas même pour se gonfler un peu. Il était comme une sorte de gros mille-feuilles, alternance de cartonnages, de buvards verts et de papiers de soie. Une page de titre indiquait que c'était bien le sien et qu'il était en 6e 2, dans l'écriture ronde et bleue qu'il avait alors, sur des traits de graphite tracés à la règle qu'on n'avait pas pris soin d'effacer ensuite.

Il ne l'avait encore jamais ouvert. S'était contenté de le trimballer, de grenier en appartement, de cave en placard, dans sa valise jaune de souvenirs. Les premières pages lui résistèrent, collées par le temps. Quand il parvint à les ouvrir, elles émirent un craquement de vieille chose fragile.

C'étaient des fleurs simples de prairie, qu'on trouvait dans le jardin et les sous-bois aux abords de la maison. Elles se ressemaient d'année en année, gagnaient sur la pelouse où elles formaient des îlots qu'on tondait le plus tard possible, parce qu'on les trouvait jolies, les myosotis surtout, il se souvenait des myosotis et de leur bleu, comme des morceaux de ciel que l'été aurait saupoudrés sur le jardin.

Sur les feuilles blanches cartonnées leurs tiges se tordaient, retenues par des bandes de scotch. Les fleurs avaient pâli, leur couleur tirait sur le mauve. Plus mince que du papier à cigarette, les pétales repliés les uns contre les autres avaient une allure contrainte. Très peu étaient demeurés vraiment ouverts. On aurait dit des origamis de fleurs. Plus étrange encore était l'aspect du buvard contre lequel elles avaient été pressées et asséchées. Marques brunes, discontinues, éclats qui s'étaient brisés sur la feuille et collés là, tel un squelette disloqué, minuscules explosions de pollen, traces de couleur sans couleur précise. Ce n'était donc que cela, des souvenirs, même de fleurs, même d'enfance. Simon referma l'herbier.

La chaleur, malgré la clim, est étouffante dans le bar. Pete est assis, seul, comme d'habitude. Il a les mains moites. Impossible de savoir si elles sont toujours comme ça, en ce moment, ou si c'est parce qu'il tripote son verre de bière, frais et humide, plein de ces gouttes perlées que provoque la condensation. Régulièrement, il essuie ses paumes en les frottant sur ses cuisses, sur le bermuda en coton qu'il porte ce soir-là. À droite, la poche plaquée, à soufflets, est renflée, on dirait un gros portefeuille. Pete a enveloppé son arme dans un mouchoir pour qu'on ne puisse pas distinguer la forme du canon. C'est peut-être pour cela aussi qu'il a les mains moites, même si, à ce moment-là, il ne sait pas encore ce qu'il va en faire.

C'était jeudi. Le soir du meurtre, mais cela, Pete ne le savait pas non plus, bien sûr.

En fin de journée, il avait suivi l'Arabe jusque chez lui. Il n'avait pas trouvé le courage de l'aborder, n'était même pas certain de ce qu'il aurait pu lui dire. Alors, il s'était contenté de le suivre.

C'était un quartier miteux de barres et d'immeubles gris ou bruns, tous identiques, le long d'avenues larges et sans arbres, et sans commerces. Le gros

Pete connaissait le coin depuis longtemps : Bed-Stuy était un quartier chaud tenu par les gangs, où les flics n'allaient plus qu'à contrecœur et à plusieurs voitures, lorsqu'il y avait des plaintes, et il y en avait eu de moins en moins depuis le crack, au milieu des années 1980. De la violence, oui, un paquet de morts, même, mais plus de plaintes. Cette saloperie était tellement bon marché que même les pères de famille avaient troqué la bière contre les pipes en canettes et les cailloux beiges. Des parents au chômage s'improvisaient dealers et basaient la cocaïne à l'ammoniaque dans l'évier de la cuisine. Les autres étaient partis ou s'étaient faits tout petits, il n'y avait plus de plaintes.

Rien que ce soir-là, Pete en a vu sortir quelques-uns de l'immeuble de l'Arabe. Des gars maigres avec des bonnets parce qu'ils perdaient leurs cheveux, se grattant le cou ou les bras comme s'il faisait froid. Il ne fallait pas aller bien loin pour en trouver. Dans les allées entre les bâtiments une armée de gosses faisait les cent pas, certains se tenaient jusque devant les portes. Les zombies sortaient un billet de dix plié en huit, leur serreraient la main mollement, avançaient encore de quelques mètres en traînant les pieds vers un autre gamin qui leur serrait la main à son tour, et c'était dans la poche, ils pouvaient rentrer chez eux s'affaler. Se fumer une clope, à la deuxième ils déposeraient les cendres sur un petit bouchon en alu, mettraient le caillou dessus bien au chaud, refermeraient la bouteille, le goulot vers le bas, une simple bouteille en plastique avec un corps de stylo bille planté dedans telle une paille et des petits trous sur le culot pour que l'air circule, il n'y avait plus qu'à chauffer le bouchon au briquet, que le caillou se fendille et crépite, qu'il fasse entendre son craquement, partant en fumée, qu'il se consume comme une petite braise de sapin qui claque, jusqu'à fondre. Quelques minutes d'extase. Les yeux qui s'agrandissent, tout noir comme des puits, et toutes les taches, la moindre fissure de l'appart dégueulasse devenaient une putain de constellation.

Le gros Pete en avait ramassé, des cloches comme ceux-là. De vrais déchets, violents et imprévisibles, complètement tarés, des loques qui avaient l'air de tenir debout par la crasse de leurs fringues. Ça l'avait toujours mis mal à l'aise. Ça ne lui faisait pas peur, non, mais ça le dégoûtait profondément.

Il sortit de sa voiture et s'approcha de l'immeuble. Il y avait des gamins sur les marches, des dealers, pas des zombies, ils le regardaient s'avancer comme s'ils voyaient au travers. Transparent, le gros Pete, avec son bermuda et ses chaussures de sport sans marque, sa chemise un peu tachée de sueur. Alors qu'il mettait un pied sur l'escalier qu'ils squattaient, le plus jeune lui demanda une cigarette. Les gamins s'étaient levés doucement et il s'était retrouvé au milieu d'eux en un clin d'œil, comme si on avait remonté un filet de pêche autour de lui.

« J'en ai pas. Je ne fume pas. C'est pas bien, de fumer, à ton âge.

– Je t'emmerde, gros porc.

– C'est ça.

– Quoi, c'est ça ? T'es pas content ? Ou t'as pas compris ? Tu veux que je t'éclate ta putain de tête ? »

Pete s'est tourné doucement vers celui qui avait l'air le plus âgé, sans même un regard pour le petit qui le prenait à partie. C'était un jeu entre les gamins et il le savait.

« Y a pas de problème, pour moi. Je veux juste passer. Je peux passer ?

– T'es pas d'ici. Pourquoi je dirais à mon frère de te laisser passer ?

– C'est vrai. Tu fais comme tu veux. J'ai un ami qui habitait là. Je me suis dit que j'allais regarder sur ces boîtes à lettres, pour voir s'il vivait toujours ici.

– Okay. T'as une tête de blaireau sympathique, mec, t'as de la chance. »

Ils ont éclaté de rire. C'était des gosses quand même. Pete est monté sans regarder personne dans les yeux, avec sa tête de blaireau et ses cent vingt kilos, il est rentré dans l'immeuble de l'Arabe.

La moitié des boîtes à lettres étaient ouvertes ou défoncées, avec plein de noms dessus ou pas du tout, et des tags au feutre, de toutes les couleurs. Le gros Pete avait l'impression de replonger dans la peau du flic qu'il était, c'était comme le souvenir d'une vie antérieure. D'habitude, les gens qui croient à ce genre de choses se retrouvent en prêtresse d'Isis ou en empereur romain, mais lui n'avait pas besoin de voyager beaucoup ni de s'aider de la superstition. Sa vie jusqu'au 11 Septembre, ses rondes en uniforme dans les quartiers à l'abandon, les interpellations, les flags, la confiance qu'on mettait dans les collègues, à lutter jour après jour, ensemble, et même toute la paperasse et les affaires non résolues par dizaines, les horaires qui changeaient de semaine en semaine et les chefs qui gueulaient parfois, même ça, et puis les bières le soir en face du commissariat, la camaraderie malgré tout, dans les rues aussi, parce qu'on finissait par connaître les habitudes et les manières des voyous, comme dans un jeu, tout lui revenait, tout ça, c'était autour de lui, c'était écrit sur ces boîtes à lettres, en tags et en insultes et en cochonneries, c'était une vie qu'il avait connue.

Est-ce qu'on a échoué ? Est-ce que rien ne change ? Pete observait le hall lézardé et sale, il le dévisageait, essayait de percer ses intentions. Dans le fond, ça ne l'étonnait pas que l'Arabe l'ait conduit jusqu'ici. Avec le 11 Septembre, les choses avaient pris une ampleur terrifiante, Pete y avait laissé sa peau, la première, mais à bien y réfléchir le mal était toujours là, caché, sous nos yeux. Le fanatisme c'était autre chose, sans doute, et pourtant dans les rues de New York il y avait des gamins capables de tuer ou de se faire tuer pour quelques billets, à neuf ou dix ans. La vie souterraine, en marge, la folie, la violence, qui faisaient peur quand on parlait des terroristes, elles se cachaient derrière chacune de ces boîtes à lettres. Les noms qui restaient ne lui disaient rien. De toute façon, il ne connaissait pas le nom de l'Arabe. Il était là pour contempler. Humer un peu cette atmosphère de misère et de vice. Comme un relent de vie d'avant. Le dégoût et l'excitation mêlés, d'être au cœur de ce qui va mal.

La suite on la connaît. Il repassa chez lui prendre son revolver. Enveloppa le canon dans un mouchoir pour le dissimuler.

Chez Toni, il commença à boire des Sixpoint, essayant de se donner du courage. Se convaincre, que cette fois c'était une de trop, qu'il faudrait en finir. Il fredonnait tout seul en se frottant les paumes des mains sur les cuisses. Il clignait trop souvent des yeux et il transpirait. À partir de la troisième pinte, il but pour se calmer un peu. Regarder Candice, la fille ambrée, quand elle se coule entre les tables. Sa détermination se fit plus claire. Il allait tuer ce mec, ce serait toujours ça de fait. Après, il se dénoncerait peut-être.

Elle n'avait pas eu besoin de le rappeler finalement, il a laissé filer une semaine, dix jours, et puis il est réapparu au bar, un soir quand elle ne s'y attendait plus. C'était un Français de passage, elle avait tout à fait fini d'oublier son prénom. Simon.

Il était plutôt joli garçon, avait des manières directes. Pas franches, c'est autre chose. Il avait un rire clair et une façon assez drôle de s'exprimer, avec un accent bizarre, presque dénué d'intonation, surtout quand il essayait de parler vite, c'était une catastrophe, il prononçait la fin des mots et roulait les *r* sans effort, tous sur le même ton, il appelait ça en rigolant «l'accent anglais international Yasser Arafat». S'il cherchait à s'appliquer ou s'il lui manquait un mot par exemple, cela donnait un mélange déconcertant d'Anglais académique, avec des *a* fermés qui tirent en longueur, et de Sud traînant et nasal. Là, il gommait complètement les *r*, c'était ce qu'il appelait son «accent yaourt d'Oxford». Évidemment, tout le monde comprenait beaucoup mieux le premier, quand il ne cherchait pas à faire des efforts. C'était une injustice à laquelle il s'était résolu. Cela donnait à sa façon de parler un air totalement étrange, d'autant plus que, à part cette question d'accent, il s'exprimait couramment ou presque. Il l'amusait beaucoup. En fait, elle le trouvait vraiment mignon, c'est le mot qu'elle employait, mignon et étonnant, et il s'en agaçait prodigieusement. Il disait :

« Tout ce que les New-Yorkais ne trouvent pas *cute*, ils le trouvent *weird*, et moi, voilà, je suis les deux, bravo ! Ç'aurait pu être un paradoxe, ce n'est qu'un cliché redoublé. Je n'ai jamais eu de chance, avec les filles.

– Tu mens. Et puis ce n'est pas grave. Tu as le droit. Tu es le Français. »

Tout le monde aurait bien voulu savoir ce qu'ils se racontaient alors, à chaque fois qu'elle revenait derrière le comptoir où il s'était assis, tous les clients du bar se demandaient qui était donc ce type à qui parlait Candice ce soir-là, qu'on n'avait jamais vu, et si c'était son petit ami ou son frère ou seulement une vieille connaissance, sûrement son petit ami, à voir comment ils s'approchaient l'un de l'autre, penchés sur le cuivre du bar, pour se dire, moins fort que la musique, des trucs que personne n'entendait. Vers trois heures il n'y avait plus grand monde et Toni lui a dit de rentrer, qu'il fermerait tout seul. Ils sont partis ensemble.

« C'est une copine qui m'a conseillé de te fréquenter. Je lui ai parlé de toi la semaine dernière.

– Il faudra me la présenter afin que je la remercie.

– Mais je ne t'aurais pas rappelé.

– C'est pour ça que je suis venu.

– Je ne cours pas après les mecs.

– Est-ce que ça veut dire que je suis une exception, ou que j'ai intérêt à me méfier encore ?

– Les deux, je suppose.

172

– Tu sais, je ne veux pas te brusquer, je veux dire, si tu veux qu'on se revoie un autre jour, je ne sais pas, on pourrait dîner ou quelque chose, tu sais je suis *okay* avec ça.

– Tu me fais rire. Quand tu ne sais plus quoi dire, tu parles comme un Américain.

– Et c'est mignon ou c'est bizarre ?

– Un peu des deux, je crois. »

Ils marchaient côte à côte en parlant, ils remontaient l'avenue déserte. Il était difficile de s'imaginer à New York. Il n'y avait même pas de voitures dans les rues. On n'entendait guère que le ronflement lointain de l'Express Parkway qui passait en contrebas. C'était un moment doux et légèrement pétillant, parce que Simon ne savait pas encore si elle le laisserait rentrer chez elle. C'était un moment intimidant, parce qu'elle ne le savait pas non plus, elle-même. Ils le goûtèrent, dans l'air chaud et le silence de la nuit, en discutant encore longtemps devant sa porte, s'asseyant sur les marches, fumant des cigarettes, se frôlant de l'épaule avec un frisson, la chair de poule sur le bras, qui disparaît en se pressant plus fort, en se caressant, la main dans les cheveux de la nuque, s'embrassant en fermant les yeux, en voulant y croire, comme des adolescents, à l'heure du rossignol.

Candice n'alluma pas la lumière.

Au lieu de cela, elle se glissa dans la pièce en lui prenant la main, avançant à la mémoire des lieux qu'elle connaissait par cœur, le bar de la cuisine quand on rentre, la longue table en bois, à gauche, prenant au large de chaque objet, lui la suivant en se laissant guider, fermant les yeux et les rouvrant, s'habituant peu à peu à l'obscurité, à la pénombre claire qui coulait des fenêtres et révélait les murs, les meubles, telles de simples surfaces, des arêtes d'un gris plus léger que la nuit, émergeant lentement d'elle comme dans la chambre noire d'un photographe, Candice s'approchant à présent du buffet, vitres faiblement scintillantes lorsqu'elle les ouvrit, en retira les deux gros verres de dégustation, l'un après l'autre, les posant sur la table avec précaution, peut-être un peu d'hésitation – comment savoir dans le noir ? prenant le temps de refermer la vitrine avant d'aller chercher, de l'autre côté de la table, sous le bar, une bouteille de vin rouge parmi les trois ou quatre qui restaient toujours ici, la reposant sur le comptoir et ramassant le tire-bouchon qui traînait non loin, se retournant vers Simon en le lui tendant, levant les yeux vers lui sans une parole, le regardant pour la première fois depuis qu'ils étaient rentrés, de ses yeux de mercure noyé, légèrement humides, peut-être troublés – comment savoir par cette nuit ? lui demandant de l'attendre dans un murmure, traversant la pièce d'un pas plus rapide, vers le couloir qui menait à sa chambre, ombre parmi les ombres de l'appartement et des souvenirs de Candice.

Elle avait besoin de ça. De prendre une douche, de boire, pour passer outre. Ne pas allumer la lumière. Redécouvrir son visage, en apprivoiser les angles pâles. Avoir le droit de fermer les yeux pendant qu'il la caressait. Respirer par la bouche en soulevant sa poitrine comme un battement d'ailes, s'évader peut-être un tout petit peu d'elle-même. Le serrer fort. Contre elle en entier quand il l'embrasse. L'étreindre, se coller, pour ne pas avoir peur de sa propre peur. Presser sa peau toute nue. La lécher, en saisir l'odeur et le sel. Y sceller ses lèvres dans une inspiration bloquée, comme un hoquet d'amour. Elle en avait besoin. Plonger les mains dans ses cheveux au bout de bras contorsionnés sans effort, enroulés autour de sa nuque, de son torse. Glisser de l'ongle, sentir les saillies des omoplates, des vertèbres, les plis de la peau, ses creux profonds. Tendre le bras jusqu'à ses fesses. Retrouver le souffle court. Les pulsations de l'air chaud dans sa gorge. Le ventre qui se creuse comme aux montagnes russes. Le gémissement qu'on étouffe en soi, qui pourrait aussi bien être un sanglot. Si elle se laissait aller. Elle en avait le droit. Se cambrer, se tendre, se faire plus légère. S'étendre. Elle en avait besoin. Lui faire confiance. Se laisser recouvrir entièrement de son corps à lui. S'ensevelir. Laisser rouler cette tête et ces lèvres sur ses épaules. Sur ses seins. Le long de ses côtes. Se laisser caresser, parcourir. Griffer ses jambes, effleurer ses cuisses. Sentir sa main s'enfouir. Être tentée de la retenir. Se laisser là, se laisser faire, s'abandonner. Gémir. Comme une plainte chantée faiblement, mêlée de souffle, un bouchon dans la glotte qui saute, tel un petit moteur et le ventre qui continue de se creuser, la gorge tendue en arrière, les épaules étirées, le buste qui se soulève à la recherche de l'air. Les reins qui avancent brutalement. Les pieds qui se tordent. À l'intérieur les cuisses qui se crispent. S'ouvrent en se disloquant comme si elles pouvaient se déboîter des hanches. Le corps bloqué. Le corps qui rue. Incroyablement lourd et léger à la fois. Le corps suspendu. Elle avait besoin de ça. Et puis le corps qui lâche. Le sang chaud qui se déverse partout, court sous sa peau comme une eau vive. Les yeux ouverts plantés dans le plafond de la nuit. Ses cuisses qui tremblent et les épaules flanchent. Étendre les jambes l'une contre l'autre. Balayer doucement les cheveux sur son visage, y enfoncer les mains, paumes contre les tempes. Les yeux rincés, baignés de larmes. Sourire de sa bouche sèche. Faire claquer sa langue. Revenir lentement à la surface d'elle-même. Revivre ça. Revivre. Elle en avait besoin.

Troisième partie

SIMON

Simon mentait à ses étudiants. Assez souvent même pour en faire une sorte de méthode. Il n'était jamais allé au Ground Zero Memorial, n'avait jamais vu Ground Zero lui-même, avant ce matin-là. Bien sûr il avait plus ou moins tourné autour, comme tout le monde en ville, c'était difficile d'ignorer sa présence dès qu'on était *Downtown*, mais il n'avait jamais passé le coin de la rue, avait soigneusement évité toutes les artères et les stations qui l'auraient amené en vue du site, pendant deux ans, il en avait parlé à chacun de ses cours ou presque, avait collectionné dans des dossiers de son ordinateur et dans des pochettes en carton le moindre document qui lui passait sous la main, il avait tout lu, tout ce qui lui semblait significatif, avait appris par cœur des détails qu'il s'acharnait à retenir d'autant plus qu'ils lui paraissaient vains, en deux ans il avait interrogé des gens, parfois il avait même eu le temps de sympathiser avec eux, avait réuni des tonnes de notes en vue d'un roman qu'il n'arrivait pas à écrire, mais il n'était jamais allé le voir. C'était devenu une sorte d'ami lointain, à qui on a peur de ne plus avoir grand-chose à dire. Avec le temps s'estompait la honte de ne pas reprendre contact.

Et puis, ce matin-là, il se décida soudain à lui rendre visite. Il fit exprès de tomber dessus. Sans carnet, sans appareil photo, en voisin, comme si ce n'était pas préparé. Depuis deux ans qu'il passait dans le coin, il allait lui faire une surprise, voilà tout. C'est ce qu'il se disait, pas bien sûr d'ailleurs que ce fût une très bonne idée. Mais il s'attendait à tellement de choses, qu'il fallait bien finir par venir voir. Pas savoir, pas se souvenir, seulement voir. C'est à lui finalement qu'il faisait une surprise.

Il s'arrêta au croisement de Church et Liberty. Le trottoir n'était pas si large, il était encombré de palissades, d'échafaudages, comme un couloir en plein air. La foule ordinaire de la rue new-yorkaise s'y entassait, d'un seul côté de la route, canalisée par un groupe de policiers en gilets jaunes qui barraient entièrement le passage aux voitures lorsqu'ils se mettaient en ligne. Ils portaient leur uniforme d'été, chemisette et casquette, gilet jaune vif des agents de circulation. L'ombre des immeubles à l'est les protégeait encore pour un temps, pour quelques heures à nager ainsi entre les quatre coins du carrefour de Church et Liberty, comme des poissons perdus dans un bocal, se divertissant de leur nombre et d'invisibles variations dans leur parcours. Ils offraient aux passants un spectacle amusant et légèrement déplacé, jouaient de leur bâton lumineux telle une bande de vieux copains moustachus qui se mettraient à imiter des majorettes. On oubliait presque qu'ils étaient policiers et que ce croisement était le premier, au sud-est, qui permettait d'accéder au site de Ground Zero. Ils faisaient diversion.

Ils mettaient tant d'énergie à régler la circulation, qu'on pouvait croire un instant que c'était là tout le problème. Un sacré bordel, cela dit, c'est en effet la première chose à quoi on pensait. Même sur les trottoirs c'était la cohue, et Simon eut du mal, en quelque sorte, à s'arrêter. Il dut se ranger contre le mur, à l'angle des rues, près d'une porte de magasin dont il ne remarqua pas l'enseigne. Garda les mains dans ses poches, adossé à la pierre, comme s'il ne faisait que reprendre son souffle ou attendre la fin d'une crampe. Une rivière de piétons coulait devant lui sans lui prêter attention, chacun marchant à son pas et suivant son idée, son désir ou son obligation du jour, tandis qu'il la regardait passer, à la fois obstinée et indifférente, massée sur un seul trottoir encombré, canalisée par le ballet des policiers. Toutes les deux minutes, un attroupement se formait, un engorgement comme au départ d'une course de fond, de l'autre côté, sur l'autre rive, au bord de la route et des bagnoles, attendant qu'on lui donne le signal du départ, et tout le monde traversait alors en même temps, déferlant sur le trottoir. Une rivière de gens, qu'une digue invisible libérait en cédant, toutes les deux minutes. Simon, lui, s'était arrêté.

On ne voyait pas grand-chose du site, depuis la rue. Le grillage qui l'entourait entièrement, comme n'importe quel chantier, était tapissé de palissades, de placards en bois recouverts d'affiches. À cette époque-là, il n'y avait pas encore de publicités. Tout l'espace avait été vendu à la mairie ou peut-être réquisitionné, il y avait, régulièrement, des bannières étoilées, de toutes les tailles, qui flottaient mollement dans l'air sans souffle, implacable, de l'été, d'autres étaient piquées dans les interstices du bois ou ficelées au grillage, de petits drapeaux comme on en retrouvait sur un nombre incalculable de véhicules, ceux du chantier, mais aussi les bus qui passaient et même des voitures de gens ordinaires, des drapeaux et les images de pompiers et de policiers partout, accrochées aux lampadaires, aux arrêts de bus le long des avenues de Lower Manhattan, ces affiches-là disaient « nos héros », avec le sigle du NYPD ou du NYFD, on les retrouvait ici évidemment démultipliées, omniprésentes. Aucune photo de la catastrophe sur aucune affiche. Rien sur l'effondrement des tours. Ce qui s'était produit ici allait sans dire, en quelque sorte.

Simon se remit en route, suivit la foule sur deux blocs, le long du site. À de rares moments, un accès pompiers ou un défaut dans l'ajustement des panneaux, on voyait apparaître le chantier à travers le grillage, jamais dans son ensemble. On voyait de la terre. Un trou. Des pistes et des machines. De la poussière. Et beaucoup plus de béton qu'il ne l'aurait imaginé, sans trop savoir d'ailleurs si c'était un reste, une ruine, ou les commencements, les fondements de la tour à venir. Au nord et au sud, il n'y avait plus de rue, on était obligé d'emprunter une passerelle. Celle du nord menait au Financial Center, bureaux et centre commercial, elle était blanche et ressemblait à un corridor de terminal d'aéroport, avec le même genre de publicités pour la ville qu'à JFK ou Newark, des messages adressés aux hommes d'affaires étrangers et aux touristes, des slogans, le fameux cœur rouge « I love NY », partout, et pas une ouverture, pas une fenêtre, rien sur le chantier, rien. Simon fit marche arrière.

La passerelle sud était celle du « souvenir », peinte tout en noir, un tunnel au-dessus du sol, aucune inscription, aucun placard. Il y régnait même une sorte de silence. Mais toujours pas moyen de voir à travers.

C'était incompréhensible. Réveiller le patriotisme, l'indignation, la douleur, le désir de vengeance, il y avait tellement de raisons politiques de l'exhiber, et on le cachait, comme un membre estropié qu'on aurait roulé dans un drapeau. Simon ne comprenait pas. D'ailleurs, il ne savait plus trop ce qu'il était venu chercher ici. Sur le point d'être déçu, il eut vaguement honte de lui.

Il s'assit un moment. Il y avait là, dans la passerelle du souvenir, des bancs de bois pour s'asseoir. Il se mit à regarder les gens, les quelques personnes qui passaient près de lui sans parler. Impossible de savoir s'ils étaient d'ici. Habitants, voisins, anciens du World Trade Center ou étrangers, ou même Américains d'une autre ville, d'un autre État. Les gens passaient et s'arrêtaient parfois, ils s'approchaient des planches peintes et regardaient dans un interstice, ou au-dessus de la palissade en se hissant un peu, ou entre le début du grillage contre un poteau d'acier et le début du bois, ils regardaient, mais pas longtemps finalement, ce n'était qu'un trou, un chantier. Certains s'asseyaient comme lui sur d'autres bancs plus loin. Certains se mettaient à parler entre eux à voix basse. Il y avait dans leurs attitudes une forme de religiosité, un respect, une retenue, une pudeur qui impressionna Simon.

Tout en continuant d'observer les allées et venues des gens, son esprit se mit à vagabonder. Il lui sembla qu'il commençait à comprendre, pourquoi l'on avait caché Ground Zero, pourquoi l'on avait, en quelque sorte, subtilisé le site en le repeignant de toutes ces affiches idiotes, en le refermant de ce tunnel noir au-dessus du sol : il n'y avait rien à voir. Les tours avaient disparu, et il n'y avait donc plus rien. Les corps mêmes des morts, plusieurs centaines d'entre eux, avaient disparu. Et c'était cela qu'on venait voir, et qu'on ne pouvait pourtant pas voir : l'absence, la disparition. Il n'y avait rien à voir, comme dans les églises où l'on vient chercher Dieu. Ici, c'était le mal, l'autre face de la mort, également inaccessible, inintelligible. Et il se sentit très triste soudain.

Tout le monde a ses fantômes, c'est ce qu'il avait dit à Franck et ses amis du groupe de parole. La dernière fois qu'il était rentré dans une église, c'était pour l'enterrement de sa mère, dans un petit village où il n'était pas retourné depuis. C'était il y a longtemps et Simon était encore jeune. Il ne croyait déjà plus en Dieu, ou peut-être que c'est arrivé à ce moment-là. Cela faisait si longtemps qu'il n'y avait plus pensé, pas comme ça, en se revoyant à cet âge-là, qu'il avait alors, quand c'est arrivé : ses bras fins et sa tête en longueur, ses cheveux épais en bataille, ses études en rade les années qui suivirent et toute sa joie soudain partie, envolée avec elle, tous ses espoirs de même et l'avenir, la vie qui s'étalait devant lui sans plus personne pour se souvenir de quand il était petit, plus personne pour lui dire, lui raconter les histoires de famille et la sienne, et dans la maison vide aux meubles immobiles où il ne reviendrait pas, parmi les armoires, les tiroirs de commodes et de secrétaires, les papiers du bureau, les étagères, les bibelots, plus personne pour lui dire, lui raconter la place des choses et la sienne. Tout le monde a ses fantômes. L'hôpital, ses tempes nues, ses lèvres de pierre. L'étonnante absence de tout parfum. L'enfance heureuse par contraste, à travers des détails. L'odeur de la pluie sur un trottoir chaud. Les trous de lumière aveuglante dans les arbres, vus d'en bas, caressant la

184

poussière à leurs pieds. Avec le temps il s'y était habitué, n'y pensait plus que rarement. Simplement, il n'y avait plus eu personne pour l'encourager comme une mère, lire ses romans comme une mère, le conseiller ou le retenir ou l'affranchir de son amour, par amour, comme une mère, quand il était parti.

Ressortant de la passerelle par où il y était entré, il se retrouva à son point de départ. Il devait être à peu près neuf heures et le ciel était désespérément bleu et vide, comme s'il n'avait cessé de l'être depuis ce matin-là, au croisement de Church et Liberty.

Une inspiration, trois souffles. Un trou du cul, ce Français, un type dangereux, d'ailleurs elle ne savait pas grand-chose de lui, finalement. Candice courait depuis une heure, à Prospect Park, le circuit de cinq *miles*, sur la route qui passait dans les bois, au large des pelouses. Elle en était à son deuxième tour, dans la boucle au sud, celle qui descend doucement, à plein régime à se brûler la gorge, sans allonger la foulée, simplement en frappant le sol plus vite, toujours plus vite comme quand elle était môme, entraînée par sa propre vitesse, telle une chute, une longue chute dont on retarde l'issue en pédalant de plus en plus vite. Lorsque le sol se redressa sous ses pas, elle fut enfin obligée de ralentir un peu. Elle avait le cœur à toute allure et le souffle crachotant d'un vieux microsillon. À chaque inspiration, trois râles pour essayer de se vider en rentrant le ventre pour éviter les points de côté. Cela lui prendrait bien dix minutes pour retrouver un rythme, elle le savait, mais ça lui avait fait du bien de se faire un peu mal. S'épuiser pour ne penser à rien, quelques secondes, se donner ce répit.

Elle ne sentait plus, depuis longtemps, les chocs dans ses talons et le tiraillement du tendon, ni ses genoux qui ne claquaient en se déboîtant qu'au repos, ni dans ses fesses le nerf où s'accrochait le ressort de ses cuisses. Elle ne sentait plus ses épaules tendues, ses bras qu'il fallait retenir à la hauteur du bassin, à chaque enjambée de plus, à chaque choc sur l'asphalte remontant en vibrant dans ses hanches. Elle avait passé le cap. Même la sueur ne la gênait plus que sur ses yeux.

À la ligne blanche des trois *miles*, elle sut qu'elle repasserait bientôt au soleil. Son tee-shirt allait lui glacer le ventre et les seins. Elle repensa à lui. Le Français. Elle avait beau se méfier d'elle-même, elle savait bien qu'elle était en train de tomber amoureuse. Ce n'était pas l'expression qu'elle aurait employée, d'ailleurs. Elle était en train de tomber dans le panneau.

Elle l'avait revu, plusieurs soirs. Avait passé son service, à chaque fois, à surveiller la porte du bar jusqu'à ce qu'il entre. N'avait pas quitté son téléphone portable, le sortant régulièrement de sa poche de jean pour vérifier qu'elle n'avait pas manqué un appel ou un message. Elle avait été plus sèche que d'habitude, répondant aux clients en tournant la tête vers le comptoir ou l'entrée, distante ou rêveuse ou pressée, renâclant à servir dans la cour, proposant à Toni de laver les chopes à sa place – ce qu'elle détestait faire parce qu'elle s'était déjà brûlé la main en retirant de la cuve bouillante le bac en grillage où elles étaient empilées pêle-mêle, à cause de l'odeur aussi, entre le sauna et la piscine –, mais ça lui permettait de rester un peu plus de ce côté du bar où l'on voyait arriver les gens. Enfin, elle avait beau s'en défendre, elle s'en était bien rendu compte.

De ça et qu'elle mettait plus longtemps, chez elle, à s'habiller. Qu'elle traînait dans la salle de bains. Qu'il lui fallait deux cafés, le matin, car elle dormait mal. Elle empilait les magazines, à côté de son lit. Elle rallumait la lumière, à quatre heures, à six heures, elle avait la tête lourde alors qu'elle n'avait pas bu. Elle avait moins d'appétit, aussi, le midi, ne mangeait presque rien. Elle se disait que c'était à cause de la canicule qui durait et qui lui tapait sur les nerfs. Cette chaleur tapait sur les nerfs de tout le monde. Mais elle voyait bien qu'il y avait autre chose.

Dans la rue, elle marchait vite et se tenait très droite. Elle regardait les gens. Ça, c'est un signe. Elle regardait les gens la regarder. Parfois même elle leur souriait. Sans trop savoir si elle était heureuse, dans le fond, si ça lui plaisait, cette espèce d'inquiétude quand il n'était pas là. Un type dangereux, ce Français, comme tous les types, mais d'habitude Candice ne tombait pas dans le panneau.

Elle courait. Les deux derniers *miles* étaient les plus difficiles, le dernier quart, disons, mais elle l'avait déjà bien entamé. Lorsqu'on court à plusieurs, c'est le contraire, la certitude de finir le parcours vous porte, vous savez que vous allez y arriver finalement, c'est un sentiment même assez exaltant. Mais toute seule, c'est à ce moment-là que la tentation vient. Il n'y a plus de challenge. À quoi bon continuer à s'esquinter, puisqu'on sait que tout est joué ? À quoi bon parfaire ce qui est fait ? Il y avait des gens sur les pelouses, des jeunes et des familles, des ballons et des paniers de pique-nique, on se serait cru dans l'enfance de Candice. Elle hésita, se mit à inspirer par la bouche, allongea sa foulée en la ralentissant encore un peu, laissa balancer ses bras le long de son corps, se donna de petites tapes sur les cuisses. Pourquoi ne pas se laisser porter un peu, puisque ça ne faisait plus mal ?

« Vous êtes là pour résoudre les problèmes, pas pour en créer.

– Pour chaque solution, il y a un problème.

– Vous pouvez ironiser, O'Malley, vous m'avez très bien compris. On ne souhaite pas d'enquête sur les entreprises qui travaillent sur Ground Zero. Si ça vous pose un cas de conscience, vous transmettrez votre rapport aux autorités portuaires, c'est tout. Cette partie est la leur.

– Ils n'en veulent pas plus que vous.

– Eh bien vous voyez, tout le monde est d'accord. Classez-moi cette affaire avant la fin de la semaine.

– J'aurai du mal à déguiser le rapport du légiste en accident.

– Vous pouvez classer sans suite. C'est ce qui arrive avec les règlements de comptes. De toute façon, votre district échappe aux statistiques du Bureau. Ce n'est pas le légiste qui va s'en offusquer et contacter la presse, tout de même ?

– Non, bien sûr.

– Alors comme ce n'est pas vous non plus, tout va bien.

– Oui, monsieur. À la fin de la semaine, vous aurez mon rapport.

– Je vous souhaite le bonjour, O'Malley. Il va faire encore chaud. »

Le Bureau générait des bureaucrates, c'est fatal. Tout fédéral et d'investigation qu'il fût, que voulez-vous qu'il y ait d'autre dans un « bureau » ? O'Malley raccrocha et se leva. Il ouvrit la fenêtre qui vint buter contre son ordinateur. La clim se mit à ronfler plus fort, en signe de désapprobation, et il coupa la clim. Chaud et sec, l'air entra dans la pièce comme s'il était plus dense, sans un souffle cependant, à peine un glissement, une aspiration. Il se pencha pour observer d'en haut les voitures étincelantes et les piétons qui marchaient dans l'ombre étroite des immeubles. Il était bientôt midi, mais il n'avait pas encore faim. Les gens dans la rue étaient tout petits et très colorés. C'était la saison des tee-shirts, depuis trois semaines. On voyait bien que c'était des gens, mais on ne distinguait pas nettement leurs mouvements, leur démarche, on ne devinait même pas leur visage. Ils bougeaient un peu comme des bactéries dans un microscope, moins vite, bien sûr, cependant suivant le même genre de trajectoires, ils se regroupaient, s'agglutinaient aux carrefours, ceux du milieu passaient en premier quand c'était leur tour. Pareil pour les voitures. Un flot continu s'arrêtait au feu, toujours à peu près le même nombre qui tournait à droite ou poursuivait sa route. Ça ne faisait pas vraiment de bruit, enfin pas un bruit singulier, c'était le bourdonnement profond de la ville, son souffle de chaudière à mazout. Les sirènes de police elles-mêmes étaient trop nombreuses pour qu'on puisse dire avec certitude d'où venait celle qu'on entendait encore à un ou deux blocs de là, ni si on la verrait, d'ailleurs, ou si elle aurait tourné le coin avant. C'était la vie de la ville, lisse et impénétrable comme une simple surface.

Les officiers du Bureau s'étaient habitués à regarder les choses d'en haut. Images satellites, statistiques, flux de données, cartes. La société, le monde entier, n'était qu'une espèce de corps, avec ses usines de plaquettes et ses maladies à traiter. Ses fractures, ses microbes, ses frappes chirurgicales et son traitement de fond aux hormones de la croissance et du progrès. Tout allait toujours bien et mal à la fois. Cependant, au fond, on n'en tirait pas vraiment les conséquences. On continuait de croire que le mal était toujours une sorte de corps étranger qui venait s'attaquer à nous. O'Malley dressa dans sa tête la liste des maladies modernes : cirrhose biliaire, sclérose en plaques, thyroïdite de Hashimoto, lupus, maladie de Crohn, polyarthrite, anémie pernicieuse, diabète de type I, psoriasis, artérite. Dans tous ces cas, le corps s'attaque à lui-même, ce sont des maladies auto-immunes. Il ajouta réchauffement climatique, catastrophes naturelles, et poursuivit : cancer, bien sûr – il y en a tant –, cancer évidemment, là encore ça vient de nous, du corps, une cellule dégénère et prolifère de manière anarchique, il en suffit d'une pour fabriquer des métastases, une sur des milliards qui naissent et meurent chaque jour dans notre organisme, en nous, mais caché et se multipliant. Terrorisme. Maladies neurodégénératives, pas mieux : Creutzfeldt-Jakob, Huntington, Parkinson, Alzheimer, celles-là naissaient du pourrissement des fonctions fatiguées, tout naturellement. La violence ordinaire, la criminalité. Il regardait les tout petits hommes colorés de la rue, dans l'ombre des buildings. Il y avait des virus aussi, bien sûr – heureusement, il y avait encore des virus, mais ils se répandaient d'homme en homme à la vitesse grandissante des échanges. Attaque informatique. Comment ne pas voir qu'il n'y a plus ou presque de corps étrangers dans nos maux ? Nous nous sommes répandus sur toute la planète, et maintenant, nous nous étouffons. Qui bouffe l'opium produit par les Afghans ? Qui fait marcher ses avions avec le pétrole acheté aux frères de Ben Laden ? Fini, les lions, les loups, fini aussi les Russes et les Martiens. Nous nous suicidons, il n'y a personne d'autre pour faire ce boulot.

O'Malley s'assit et rouvrit son dossier. Il n'avait rien. Son intuition du terrain. De petits trafics sordides entre clandestins, des histoires de mafias qui investissaient dans la pierre et que personne n'avait envie de découvrir. Son seul suspect, c'était un pauvre con d'ancien flic vaguement obèse et raciste, mais qui, dans le fond, n'était qu'un paumé, il s'en doutait. Comme tous ces gens qui marchaient dans la rue sans trop savoir de quoi ils allaient mourir. Comme lui, qui les regardait d'en haut sans trop les comprendre. Un meurtre à couvrir, à ensevelir, après tout c'est ce qu'on a toujours fait des morts.

Le gros Pete reposa sa sixième Sixpoint sur la table avec un claquement humide et creux. Le fond de mousse redescendit lentement dans la chope comme un bébé qui bave après avoir trop bu. Il se leva, se dirigea vers le bar pour payer, puis il sortit. La nuit était claire et moite et relativement silencieuse pour un jeudi soir. Trois litres de bière sans manger, ça ne faisait pas beaucoup d'effet à Pete, dont le corps colossal aurait pu engloutir encore bien plus avant de se mettre à hésiter. Il se mit seulement à transpirer au moment même où il franchit la porte du bar. Sa chemisette était sortie de son bermuda pendant le temps qu'il était resté assis, et il en dégrafa un bouton sous le col pour se donner de l'air, mais rien n'y fit. Elle collait à son ventre tendu et rond comme un énorme ballon, avant de flotter mollement autour de son short. Des taches plus sombres sous les bras et dans le dos marquaient les contours de sa peur. Au coin de ses sourcils, dans son cou, de vraies gouttes de sueur se formèrent, qu'il épongea en rentrant la tête dans les épaules, une fois à gauche, une fois à droite. Son mouchoir était enroulé autour du canon de l'arme dans sa poche.

Pete marcha un peu le long de l'avenue avant de rejoindre sa voiture. Se rafraîchir les idées, ce n'était évidemment pas de saison. Il se passait la main sur le front et plongeait la sueur dans ses cheveux en brosse, qui se mettaient à briller légèrement dans la lumière orange des réverbères. Il se mit à chantonner doucement, tout en marchant, une vieille rengaine qui parlait d'une fille qui l'attendait, quelque part, dans un foyer qu'il avait quitté pour partir à la guerre. Des conneries que Pete n'avait jamais vécues et que, si ça se trouvait, personne n'avait jamais vécues telles que les racontait la chanson, mais il la connaissait par cœur depuis longtemps, comme si elle faisait partie de lui. À l'époque, ça lui évoquait son désir d'en avoir une, de famille, de vivre une vie normale, et puis à présent ça continuait à lui parler, étrangement, du contraire, de sa solitude.

Il s'engouffra dans sa voiture en faisant pivoter ses jambes, l'une après l'autre, à la suite de son gros cul qu'il dut soulever, ensuite, en tirant sur son bermuda parce qu'il avait tourné. Il déposa le flingue sur le siège du passager, encore enrobé dans son linge, et claqua la portière. Descendit la vitre avant de démarrer. En roulant, il finirait bien par y avoir de l'air.

Une peur passagère le traversa comme un simple frisson à l'approche des barres d'immeubles. Les lampadaires étaient plus espacés de ce côté-là de la ville. Chaque barre, perpendiculaire à la rue, était frappée au coin d'un grand cercle de lumière chaude tombée du ciel, s'amenuisant en halo plus blafard en quittant l'angle du trottoir vers les allées, où les ombres s'épaississaient de nouveau, grises, sans couleur ni relief. On y voyait, dans cette zone de terre-plein entre deux immeubles, des formes qui marchaient d'un bord à l'autre, colonie grouillante et nocturne de chauves-souris en tee-shirt, qui se seraient décrochées des plafonds lézardés des appartements pour venir faire quelques pas au sol, la tête en haut, hésitantes ou titubantes ou se mettant soudain à courir sur quelques mètres et s'accroupissant pour ne pas tomber. Il y avait presque plus de gens que pendant la journée, mais c'est aussi l'impression que cela donnait parce qu'on les distinguait mal.

Pete se gara en face de l'allée, de l'autre côté de la route, à moitié sur le trottoir. Il déballa son revolver et le glissa dans sa poche. S'épongea le front avec le mouchoir qui sentait la graisse de moteur et l'acier. Il ne craignait pas les camés ni les revendeurs qu'il suffisait d'ignorer, ni les petites frappes en tout genre comme celles de tout à l'heure, nageant dans leur *sweat* à capuche qui leur tombait sur les genoux. Il regarda tourner le coin de la rue une grande fille trop maigre pour une Portoricaine, perchée, un peu voûtée, sur des espadrilles à talons qui saccadaient sa démarche à chaque pas, avec pour tout vêtement un short en jean effrangé, lui couvrant à peine les fesses, et un soutien-gorge noir. Elle avait les cheveux décolorés et la peau grise, une grande bouche rouge. Elle avait l'air sortie d'un conte d'horreur, une espèce de mort-vivant lubrique, comme une momie qui ouvrirait les cuisses et rigolerait avec des yeux vides. Toute la misère et toute la corruption du monde, jusque dans la chair, toute cette pourriture, ça ne lui inspirait que du dégoût. Pete avait l'impression de voir grouiller les vers dans un fruit mou qu'il viendrait de croquer. Une vague envie de vomir, peut-être, avait chassé en lui la moindre hésitation. Pour une fois il irait jusqu'au fond des choses, au bout de son idée, il irait jusqu'à la fin de l'enchaînement implacable des faits, depuis cette première fois où il avait vu ce type faire ses prières dans les décombres du Ground Zero. Voilà comme il voyait les choses.

On cherche toujours les raisons d'un crime. On a tort. C'est une passion, comme l'amour, de tuer. Ça n'a pas de raison.

Tout est allé très vite. Il devait être à peu près une heure. Pete est sorti de sa voiture en glissant le flingue dans sa poche, en main, il ne le quitterait plus. Il a traversé la route, s'est engagé dans l'allée. Sur les marches de l'escalier, il a croisé les mêmes gamins qu'au début de la soirée. Il a gravi les marches comme s'il avait été l'Homme invisible. Au bout de deux fois, vous étiez déjà un habitué. Pete est monté au premier étage. Dans le couloir il y avait cinq portes régulièrement espacées comme dans un hôtel. L'une d'elles était renforcée avec des planches de bois grossièrement clouées. Autour du chambranle et jusqu'au plafond, la peinture et le mur étaient noircis par les restes d'un incendie. Les mêmes tags que sur les boîtes à lettres s'étalaient dans toutes les parties communes. Au fond, il y avait eu une fenêtre en dépoli dont ne restaient que quelques triangles de verre en équilibre. Il avança dans le couloir. Essaya de déterminer d'où provenait le bruit de télévision, publicités chantées au volume maximum, frappa à la porte. Sa main droite tenait la crosse du revolver dans sa poche, index le long de la culasse, pouce sous le cran de sécurité. Une femme entrebâilla la porte en laissant la chaîne de sécurité.

« Je cherche un de vos voisins. Il fait des chantiers à la journée. J'ai du travail pour lui. Il est comme ceci et comme cela… »

197

Le coup du boulot c'était un sésame, il y en avait si peu par ici. Pete reprit l'escalier, se rendit au quatrième. Il soufflait bruyamment, s'appuyait au mur avec sa main gauche. Ses cuisses lui faisaient mal et de la sueur tombait dans sa nuque. Il s'arrêta sur le palier, avant d'ouvrir la porte de l'escalier, pour retrouver une respiration normale. Se calma. Sortit la main droite de sa poche pour l'essuyer en la frottant contre sa chemise, la replongeant aussitôt au contact du revolver. Écouta, pendant que son pouls revenait à la normale, se dit que c'était sa dernière occasion d'hésiter. Il sourit. Appuya doucement sur le bec-de-cane, jusqu'au claquement qui libéra la porte, et pénétra dans le couloir de l'étage le plus lentement possible. Ses baskets faisaient crisser le linoléum, alors il s'arrêtait, essayait de ménager le plus de silence possible entre chaque pas. Il frappa à la porte. Attendit. Abaissa le cran de sécurité de son arme, plaça son index sur la détente.

Pete serra les dents et cligna des yeux pour en chasser la sueur. Lorsque la porte s'ouvrit, ce n'était pas l'Arabe qui lui fit face, mais un jeune type aussi grand que lui, aux bras tatoués, le crâne rasé sous une casquette des Mets. Il parlait avec un accent. Il gardait une main sur la porte et occupait toute l'ouverture. Son autre main disparaissait derrière le chambranle, à l'intérieur. Pete maudit la vieille qui lui avait donné un faux appartement.

«Je suis désolé, monsieur. J'ai dû me tromper de porte. Je cherche quelqu'un, peut-être que vous le connaissez. Je croyais qu'il vivait là. Il fait des chantiers, il est arabe.

– Il n'habite plus ici.

« – Vous êtes sûr ? Je veux dire, il a peut-être changé d'appartement. Je l'ai vu rentrer dans l'immeuble tout à l'heure.

– Il est parti. Il ne reviendra plus.

– Vous le connaissez ?

– Casse-toi. »

Il y eut un bruit étouffé, derrière le grand type en casquette, comme un gémissement lointain. On aurait dit un chat qui s'était cassé la patte, ou un bébé, peut-être. Il a tiqué, mais il n'a pas quitté Pete des yeux. Tout s'est passé très vite, pas du tout comme le Gros l'avait imaginé. Le gars a arrêté de tenir la porte, il lui a proposé d'entrer. À peine Pete avait-il fait un pas vers le seuil, que la large main tatouée s'est abattue lourdement sur son épaule, l'autre jaillissant pour lui coller le canon d'une arme sous le sternum, le poussant dans l'entrée étroite et refermant la porte du pied, passant l'arme à présent dans son dos, entre les omoplates, l'acier appuyant sur la peau à travers la chemise trempée de sueur de Pete, terriblement froid, le type le faisant avancer alors vers la pièce du fond où régnait un désordre indescriptible, objets cassés, à terre, chaises renversées, fringues pêle-mêle, un tel bordel que d'abord il ne remarqua pas la forme, sous la fenêtre, un corps avec la tête dans un sac en toile comme ceux qu'on utilisait, dans le temps, pour les pommes de terre, et Pete se retrouva assis sur un tabouret, le jeune homme en face de lui se reculant d'un ou deux pas sans le lâcher des yeux, lui ne pouvant détacher son regard de l'arme, canon vide et froid au milieu d'une culasse carrée, anguleuse, une arme compacte et massive, peut-être un Glock ou un Taurus, un flingue de professionnel, puis, glissant au sol, ses yeux balayèrent rapidement la pièce sans tourner la tête, remarquant le corps lorsqu'il bougea faiblement avec un nouveau gémissement, les bras attachés dans le dos avec un ruban scotch large de déménagement, les détails devenant plus visibles à l'intérieur du capharnaüm, une chaise démontée, un de ses barreaux à terre à côté de la forme humaine, taché de sang, l'odeur de cigarette, l'odeur de sueur, persistante et âcre, le canon froid et vide, face à lui, à quelques pas, et Pete fut saisi d'une peur tout à fait nouvelle.

« Pose tes mains bien à plat sur tes cuisses. Tu es un policier ?

– Non.

– Un voisin ?

– Oui. Je suis un voisin.

– Je ne t'ai jamais vu dans le coin. Tu connaissais ce mec ?

– Un peu. Je travaille sur un chantier, moi aussi.

– Alors, tu ne le connais plus. Tu ne l'as jamais vu, compris ?

– Que va-t-il se passer ?

– Ça ne te regarde pas. Je n'ai pas de raison de te tuer si tu te tiens tranquille.

– Que dois-je faire ?

– Tu vas rester là. Tu ne m'as jamais vu non plus. Surtout, ne bouge pas. »

L'homme glissa son arme dans son dos, coincée dans son jean. Il recula et attrapa la forme au sol sous un bras. Il la redressa et la plainte devint un râle plus puissant, une sorte de bruit de gorge mouillé comme un gargouillis amplifié, un cri sous l'eau. Il s'agenouilla et la fit basculer sur son épaule. Pete était abasourdi. Ses mains étaient bien à plat, sur ses cuisses, comme l'avait demandé l'inconnu. Sous la droite il pouvait sentir son revolver, il le couvrait tout entier. Ça ne dura que quelques secondes, mais il eut le temps de se demander s'il plongeait la main dans sa poche, s'il devait tenter quelque chose. Et puis le type lui fit face de nouveau. Les jambes de l'Arabe pendaient devant son torse. Elles avaient une forme bizarre. Une mollesse bizarre. Pete se rendit compte qu'un peu de sang coulait de l'une d'elles, le long de la chaussure, ça commençait à faire une tache sur le tee-shirt de l'homme, une marque de frottement, comme un coup d'éponge rouge sombre. Avant de repasser la porte avec son paquet de bonhomme sur l'épaule, il se retourna, lui sourit.

« Reste là cinq minutes. Après, tu feras ce que tu voudras. Je m'en fous. »

Pour Simon, c'était assez nouveau de se sentir chez lui à New York, et il avait fallu que ça lui arrive à Brooklyn. Il s'en voulait un peu, comme si ça avait trahi une sorte de réflexe provincial. Manhattan, il s'était forcé à l'aimer. Plutôt il avait aimé en elle le miroir que lui tendait la ville, d'être un peu, lui aussi, un *New Yorker*, un habitant de l'un des endroits sur la planète où les choses se passent vraiment.

C'était dur d'y renoncer, comme d'admettre que, pour la première fois peut-être, il se sentait chez lui. Cela n'était plus arrivé, même en France, depuis si longtemps. Il se sentait juste bien. C'était une drôle de fille, Candice.

À la lisière de la pelouse de Prospect Park, où l'on organisait parfois des concerts comme ce soir-là, il y avait de grands arbres un peu seuls et majestueux. Pins blancs, quelques hêtres, des bouquets de bouleaux d'Europe dans leur ombre, au bord d'allées qui ne menaient nulle part, ne servaient qu'à déambuler. C'est là qu'ils avaient installé leur pique-nique, tartines et chips, tomates, deux bouteilles de vin qui devaient rester dans le panier et dont ils se servaient des verres discrètement. Candice s'était allongée, la tête sur ses genoux, elle fermait les yeux. Il commençait à y avoir du monde, un peu partout sur la pelouse, par petits groupes. Le soleil avait disparu sous les arbres de l'horizon, et la nuit bleue montait de l'est comme une eau, révélant les étoiles une à une. Juliet les avait rejoints. C'était la première fois qu'il la rencontrait. Il caressait les cheveux de Candice, son front, ses yeux, plongeait dans son cou pour chercher sa nuque, lissait des mèches, les replaçant derrière ses oreilles, il l'effleurait ainsi doucement, sans la regarder, comme s'ils se connaissaient depuis longtemps, comme si leurs peaux se connaissaient déjà par cœur, sans besoin d'y prêter attention, comme si c'était parfaitement naturel, sa main glissait ainsi sans y penser, tandis qu'il discutait avec Juliet qui lui posait des questions sur la France et sur son travail. Il expliquait tout sans trop de détails, les postes, les programmes d'échanges universitaires, son statut qui n'était pas de professeur mais juste d'invité, une sorte d'intervenant, et puis la recherche d'un logement à New York et comment il avait atterri dans le Lower East Side. Candice donnait l'impression de ne pas écouter, et Simon s'aperçut qu'elle ne lui avait jamais demandé ce qu'il faisait exactement dans la vie. Juliet continuait de l'interroger :

« Et ton cours, ici, il porte sur quoi, exactement ?

– C'est un simple atelier d'écriture. On travaille sur le récit. Je fais écrire les étudiants sur des images, des suites de motifs, dont l'agencement finit par raconter quelque chose. C'est un peu décousu, à raison de deux heures par semaine.

– Et tu fais étudier des œuvres en particulier ?

– Plutôt des événements. En fait, je m'intéresse à certains événements dont on dit communément qu'ils relèvent de l'ineffable, comme le deuil ou la disparition. En ce moment, je fais travailler les étudiants sur le 11 Septembre.

– Oh, je ne savais pas. »

Juliet regarda Candice d'une façon bizarre, l'espace d'une seconde, mais celle-ci n'avait pas bougé. Les yeux fermés, la main de Simon sur son visage, elle avait arrêté de sourire peut-être, mais elle n'avait pas bronché. Simon ne s'en rendit pas compte. Il poursuivit :

« C'est très compliqué, d'en parler ici, à New York, surtout d'une façon un peu détachée comme ça. Il y a le motif de la cendre, par exemple, ou de la poussière. Les scènes centrales de vos écrivains qui s'y attaquent tournent autour de ça, même chez Don DeLillo qui croit prendre une autre image avec son *Falling Man*, en fait sa scène primitive, si je puis dire, ce n'est pas l'homme qui tombe, c'est le mari qui rentre chez lui couvert de cendres. C'est très frappant. C'est évidemment lié à un imaginaire religieux, le discours sur la mort est, en fait, discours sur la vanité de l'existence. Le problème, c'est que c'est un discours à double tranchant. Les tours étaient vaines, d'une certaine manière, dans l'exhibition de leur désir de puissance et de richesse. C'est une sorte d'impasse. On l'a dit souvent, "Dieu ne peut pas se déclarer la guerre". Alors, comment le raconter ? Oh, je suis désolé, je fais le prof.

– Resservons-nous un verre. Le concert devrait commencer bientôt, non ? Ils ont dit à quelle heure ? »

La question s'adressait à Candice, cette fois-ci. Elle se redressa. Il sembla à Simon que ses yeux étaient un peu brillants, mais il attribua ça au vin et à la lumière qui avait baissé pendant qu'ils discutaient ainsi. Elle attrapa la bouteille et la sortit franchement du panier, se servit un verre et le leva. En regardant Juliet, elle eut un sourire un peu forcé.

« C'est drôle, on n'avait jamais parlé de ça, ensemble. »

Puis elle but d'un trait, en fermant les yeux. Écrasa une larme, ensuite, du dos de la main, en prétendant que ça piquait un peu, qu'elle n'avait pas bu tout un verre, comme ça, depuis longtemps. Et puis elle rit.

Il descendit de sa voiture et regarda autour de lui avec un air un peu étonné. O'Malley ne venait jamais à Brighton Beach. Il y avait tant de quartiers d'ailleurs, à New York, qu'il ne connaissait toujours pas. La plage, curieusement, n'était pas bondée. C'était un des rares endroits où il y avait de l'air, mais c'était aussi un endroit sans aucune ombre. Le sable y était brûlant. La masse de l'eau, aveuglante, flambait comme du plomb fondu, avec ses étincelles d'écume et ses creux plus sombres changeant sans cesse de forme et de place.

Il avança sur la promenade en dur recouverte d'une fine pellicule de sable, sa veste sur l'épaule, contraint, même à travers ses lunettes de soleil, de plisser les yeux, marchant doucement, curieux de ce paysage, la grande roue de bois sur sa gauche, immobile, et le «Cyclone» à peine moins haut qu'elle, qui faisait un bruit de métro lointain, couvert par celui de la mer, dans les descentes et les tournants rapides s'échappaient aussi des cris de peur joyeuse à l'unisson, O'Malley observant tout cela avec amusement, continuant d'avancer le long de cette espèce de trottoir entre la plage et le boulevard, croisant une ou deux familles qui se rendaient au parc d'attractions, des gamins qui jouaient au football dans le sable, des filles bronzées improbables, de grandes bringues pas forcément minces, explosives, en bikini et en baskets, dont le jean dépassait du sac à main, qui parlaient fort et riaient en le croisant, comme si c'était lui qui était déplacé, avec son costume sombre, sa cravate rouge, marchant doucement, s'arrêtant au bout d'un moment pour enlever ses chaussures dans lesquelles le sable était rentré malgré ses précautions, roulant ses chaussettes en boule à l'intérieur et les portant à la main, sa veste d'un côté donc, et ses chaussures de l'autre, son pantalon de toile remonté sur ses tibias blancs par deux ou trois ourlets roulottés à la hâte, pour ne pas l'abîmer, souriant de lui-même et se disant en effet qu'il devait avoir une drôle d'allure, ainsi fagoté, que c'était un drôle d'endroit aussi que cette plage au bout de la ville.

Il arriva au pied de l'entrepôt qui s'étendait jusque sur la plage et marquait la fin de l'allée en bois. Peut-être qu'elle continuait, d'ailleurs, et qu'on l'avait seulement laissée s'ensabler. Ce coin-là était soudain beaucoup moins touristique. O'Malley s'aperçut trop tard qu'il n'avait pas pensé à se rechausser, lorsque l'homme lui tendit la main. Il avait l'air d'un clown et il n'aimait pas ça. À une dizaine de mètres, on devinait, dans la limousine noire, la silhouette d'un chauffeur immobile.

« Vous avez pris par la plage. Vous avez bien raison, c'est très agréable. Surtout en ce moment, il fait tellement chaud. Marchons un peu, si vous voulez, j'ai si rarement l'occasion d'une promenade. Oh, un détail. Mon avocat m'a prié de vous demander s'il s'agissait d'un interrogatoire officiel.

– Non. Autant vous dire les choses comme elles sont : c'est une initiative personnelle que ma hiérarchie désapprouve. Il n'y aura pas d'enquête officielle. Prenez cela pour de la curiosité. Je veux juste comprendre comment se font les choses.

– Qui n'en aurait pas envie, à votre place ?

– Vous dirigez une société de construction impliquée dans le chantier du World Trade Center.

– Impliquée, avec beaucoup d'autres. Je suis un homme d'affaires chanceux. J'ai commencé ici avec un simple restaurant, vous savez ? À l'époque, c'était un quartier très familial, et très russe, aussi. Nous avons été entre nous pendant longtemps. Il y avait des petits trafics. C'était un quartier qui n'était pas très sûr, non plus, il faut le dire. On parlait du Vory, la mafia des Russes. Mais on ne peut pas rester tout le temps coupé du monde. Le commerce, monsieur O'Malley. Aujourd'hui c'est un quartier qui a beaucoup d'avenir.

– Il y a eu un mort.

– J'ai appris cela. J'en suis désolé. J'ai bien peur cependant de ne pouvoir vous éclairer sur ce point. Ma comptabilité est *clean*. Nous n'employons que des Américains.

– On m'a dit que…

– "On m'a dit", "je me suis laissé dire", "j'ai entendu", ce n'est pas sérieux, ça, monsieur O'Malley.

– J'aimerais juste comprendre.

– Comment les choses marchent. Et vous avez raison. Écoutez : il y a des clandestins sur tous les chantiers de la ville, la plupart sont des Mexicains employés par des entreprises bien US. Ils ont une vie difficile. Ils sont moins payés que les autres. Ils ne peuvent pas prendre officiellement un logement.

Ils ont peur à chaque fois qu'ils prennent le métro, à chaque fois qu'ils croisent un flic à un carrefour. Et au moindre problème, s'ils se font attraper à un contrôle, s'ils prennent une contravention ou qu'ils apparaissent sur le moindre procès-verbal, s'ils ont la bêtise de se mêler à une bagarre ou à quoi que ce soit d'autre, et qu'il y a une plainte, le moindre risque, on les largue.

– On peut aller jusqu'à les tuer ?

– Pourquoi ? *Deniable assets.* Ils n'existent pas. Il faudrait être cruel ou perfectionniste.

– Ou avoir beaucoup trop à perdre.

– En effet. Vous êtes très intelligent. Vous voyez ce front de mer, monsieur O'Malley ? D'ici à quelques années, 2010, 2012, tout cela va disparaître. Pas le parc, celui-là nous le gardons comme une sorte de témoin historique et d'attraction pour les touristes. Mais presque tous les immeubles que vous apercevez, le quartier entier, il est quasiment aussi grand qu'une ville moyenne, tout va disparaître pour être reconstruit. Centre aquatique, logements propres, même des tours de bureaux pour attirer un peu de taxe. Nous nous promenons au bord d'une espèce de gisement de pétrole, monsieur O'Malley. Des dizaines de milliers de personnes vont en vivre pendant dix ans, peut-être plus. Vous n'avez même pas idée de ce qui est en jeu.

– Pourquoi vous me racontez tout ça ?

– Parce que ça n'a pas beaucoup d'importance, ce que vous allez en conclure. Peut-être que ma société est comme les vôtres et qu'elle emploie à l'occasion des clandestins. Peut-être que les enjeux sont trop grands pour risquer des scandales et peut-être même que je suis un gars un peu dur en affaires, pas sympa et perfectionniste. Mais il n'y aura jamais de preuves et, d'autre part, justement c'est trop grand, c'est trop gros pour vous. Vous voulez que je vous dise ? C'est même trop gros pour moi. Je ne tire aucune ficelle. Même si tout ce que je vous raconte était vrai, même si je vous signais là des aveux détaillés, on ne me laisserait pas tomber aussi connement, on ne pourrait pas se le permettre. Fin de l'histoire. »

Ils étaient presque parvenus au bord de l'eau. O'Malley regarda s'éloigner le Russe qui retournait à sa voiture de maître, les mains dans les poches, la tête rentrée dans les épaules. Il fit encore quelques pas sur la frange sombre de sable mouillé, ses chaussures toujours à la main. Des vaguelettes en bout de course venaient mourir en se couchant, en s'étalant comme une flaque, recouvraient ses pieds blancs d'une fraîcheur claire.

Il y a toujours un peu de lumière qui filtre, dans le salon, à cause de la rue, toute la nuit et lorsqu'elle se penche, là-bas, derrière la table longue en bois blond, au fond de la perspective oblique du couloir, tout au bout de l'appartement dans ce qui n'est plus qu'un rectangle pâle, elle peut apercevoir les draps blancs et son corps clair et nu, qui lui tourne le dos de loin, découpé par l'encadrement de la porte ouverte, des genoux aux épaules, les jambes repliées, le buste un peu tordu, la ligne sombre de sa colonne vertébrale qui s'arrondit, se creuse sous les reins, tout au fond là-bas elle peut voir et regarder à loisir, comme si ce n'était qu'une image, à présent que ses yeux se sont habitués à la deviner, la courbe de son corps nu qui tremble et sa hanche anguleuse qui retient le peu de lumière, glissant de là sur ses fesses, toutes rondes et cependant écrasées l'une contre l'autre, ses fesses qui semblent s'embrasser par pudeur, comme si elles tentaient de se cacher, de disparaître dans le pli noir qui court jusque entre ses jambes, où l'on ne voit rien, et elle y prend du plaisir, elle se dit que de contempler ainsi ses fesses, ce doit être un peu comme un homme qui regarde des seins, et cela la fait sourire, seule, là-bas de l'autre côté de l'appartement, elle qui depuis qu'elle est venue s'asseoir se penche dans la nuit pour voir, grâce à la lumière qui filtre de la rue, en prenant garde à ne pas le réveiller, au fond de l'autre pièce, derrière la table du dîner, sur le canapé, ne sachant pas elle-même si c'est de la tristesse ou un bonheur terrible qui la réveille, souriant et pensant qu'elle n'avait jamais pris ce temps, qu'elle n'avait jamais vu Gregg ainsi, pendant qu'il dormait, s'avouant qu'elle aurait du mal, même, à se l'imaginer, à présent, il s'était passé tant de temps.

Face à elle, sous l'écran de la télévision, le chiffre des minutes changeait toutes les soixante secondes. Elle l'avait tellement attendu. Peut-être que c'était lui, après tout, ce Français, qui avait fini par arriver.

Elle commença à compter.

Le jeune homme laissa simplement son vélo, le guidon appuyé contre le mur, affalé autour de sa roue, presque à terre. Il se dirigea droit sur les deux gusses qui discutaient devant la porte en fer, les salua l'un après l'autre en claquant leur main tendue. Un des deux gars prit son vélo et repartit en rigolant, faisant des roues arrière tout le long de la rue en zigzaguant, comme un clown sur un monocycle. Il le regarda s'éloigner puis il entra. C'était l'aube et la fin de la collecte, la dernière étape.

À l'intérieur, il n'y avait qu'un escalier de béton gris clair, encaissé dans des murs nus, qui grimpait jusqu'au troisième étage sans rencontrer ni porte ni fenêtre. Il émergea bientôt sur le toit du bâtiment. Prit le temps d'un coup d'œil pour vérifier que le coin était désert. On voyait les toits des immeubles voisins, tous assez bas, anciens entrepôts ou fabriques, ateliers d'artisans, de garagistes, jardins clos semés de vieilles bagnoles, d'outils abandonnés, de machines démontées rouillant depuis des années, plus personne ne sachant à quoi elles pourraient bien servir, ça faisait tout un petit quartier paisible en apparence, des friches, un village fantôme. Il avança d'un pas rapide sur la dalle, s'éloignant de la rue. Au bord, du côté opposé, deux planches massives formaient une passerelle de fortune vers le toit le plus proche, qu'il franchit en regardant ses pieds. Elles étaient assez larges, comme un petit trottoir, mais un trottoir un peu branlant à dix mètres du sol.

Il y avait tout un parcours, descendant parfois d'un étage ou remontant d'un autre, qui menait jusqu'à une cabane, enfin une espèce de construction en parpaings et en tôle, sur un de ces toits, au milieu du dédale des jardinets, une bâtisse qui avait dû être au fond d'une deuxième ou troisième cour de derrière, avant l'invention de la crise, des ronces et de la rouille, inaccessible aujourd'hui autrement que par le chemin qu'il venait d'emprunter. Comme une sorte de guirlande, pendait mollement entre la bicoque et l'immeuble le plus proche un câble orange qui amenait l'électricité. Il était décoré d'une paire de baskets noires dont les lacets avaient été noués entre eux, suspendue au câble, marque de fabrique et de propriété, signalétique étrange, anonyme et pourtant identifiable, du territoire du gang.

Le jeune homme sortit une clé de sa poche, ouvrit le cadenas qui fermait la porte. Une table et deux chaises à l'assise en skaï, un vieux sofa défoncé recouvert d'une couverture et un petit coffre-fort en acier, peint en noir, formaient l'ensemble du mobilier de la cabane. Il s'assit, étala devant lui sur la table des liasses de billets qu'il entreprit de compter, les rangea dans une enveloppe sur laquelle il inscrivit le montant. Il ouvrit le coffre, et l'y déposa. Prit un téléphone portable, il y en avait trois ou quatre, ainsi qu'une arme, peut-être la sienne, et des dizaines d'enveloppes semblables. Il se contenta d'envoyer un message. Le tout n'avait pas pris plus de cinq minutes. Cela faisait quelques jours qu'il s'occupait de la collecte. Une sorte de promotion.

De nouveau à l'air libre, sur le toit de l'atelier, il regarda autour de lui le paysage dévasté de la ruine et des herbes folles en souriant. Peut-être était-il content de lui, ou se disait-il que la vue était magnifique, peut-être qu'il contemplait là son domaine avec le même genre de fierté qu'un propriétaire terrien, rêvant secrètement de l'étendre, de continuer à prendre du galon. Vu d'un toit il y a très peu d'obstacles aux désirs. Il se frotta les yeux et le crâne, comme un homme un peu fatigué qui a trop de choses à penser. Reprit, en sens inverse, le chemin de chèvre sinueux qui l'avait conduit là.

« Pete ? »

C'était à son tour de parler. Des images avaient envahi ses pensées, rendant toute réflexion difficile, sans cesse interrompue. Il transpirait à grosses gouttes. Tassé sur sa chaise, il écoutait vaguement les propos des autres, depuis le début de la réunion, comme un bruit de fond, une radio qu'on aurait laissée allumée dans un coin de la pièce, depuis des semaines, des années. Il s'épongeait le front, régulièrement, avec un mouchoir ridiculement petit dans sa main. Pete se mordait les lèvres, roulait des yeux, les fermait. S'en voulait d'être revenu, ne savait pas ce qu'il faisait là. Tous ces gens ordinaires, Franck, Lise, ces gars sympathiques et meurtris comme lui, ne pourraient pourtant pas comprendre, ou il ne pourrait pas leur dire. Le Français ne parlait pas. Il était assis à côté de Franck et prenait des notes. Il avait l'air gentil aussi. À présent il le regardait. Tant de bons sentiments. D'ailleurs, qu'est-ce qu'il pourrait bien leur dire ? Les images revenaient et il s'épongeait le front.

Il était resté plus de cinq minutes, dans l'appartement, c'était sûr. Il ne pourrait pas dire combien. Il avait mis du temps, rien qu'à se lever, s'autoriser à bouger de nouveau. Il était retourné dans l'entrée pour fermer la porte. Abasourdi par ce qui venait de se passer, il cherchait à comprendre, fouillait du pied les objets épars sur le sol de la pièce. La chaise cassée, le barreau taché de rouge sombre. Il repensa aux jambes de l'Arabe, tordues d'une manière bizarre, aux gouttes de sang qui s'échappaient de sa chaussette comme d'une éponge. Il en retrouva par terre, des tas. Impacts, traînées. Il y en avait des projections sur les rideaux de voile, plus claires, des constellations de gouttes minuscules qui prenaient en séchant une couleur de brique. Il s'était mis à chercher quelque chose, sans savoir bien quoi. De la drogue, de l'argent, une arme peut-être ? Non. Tout avait été retourné. D'ailleurs, le type serait sans doute parti avec, s'il y avait eu de l'argent. Des livres ? Non. Quelques magazines, deux *news* et un sur les voitures, un gratuit de petites annonces immobilières et un, de cul, dans le carton de supermarché qui servait de table de nuit à côté du sofa. On aurait pu se croire chez lui. Des faux papiers ? Non. Rien dans la petite boîte, non plus, celle en bois décoré de frises qui était planquée au milieu des conserves de légumes, à droite de la plaque électrique de camping, trop près de l'évier, rien, enfin du tabac à rouler et des feuilles. Un tapis de prière et un petit livre souple de couleur verte, écrit en arabe, sans doute le Coran, rangés avec un oreiller et une couverture en laine, sous le canapé, lorsqu'il le souleva, mais cela il le savait déjà. Qu'est-ce qu'il mangeait ? Qu'est-ce qu'il faisait chez lui lorsqu'il rentrait le soir ? À quoi, au juste, était-on censé reconnaître un terroriste ?

L'appartement était désespérément pauvre, ce n'était pas étonnant. Trop petit aussi, pour le gros

Pete, il s'y déplaçait lourdement et n'avait cessé de se cogner dans la table, les deux chaises jetées à terre. Il fallait s'agenouiller pour ouvrir le frigo-bar qui ne contenait presque rien : du *cottage cheese* et des œufs, des nouilles sautées dans un pot en polystyrène, vieilles de plusieurs jours, toutes sèches et brunes, et deux bières. Pete s'était assis. Il avait pris une canette dans la main. Lourde et fraîche, une vraie canette. Il l'avait ouverte presque par réflexe, non pour la boire, mais pour vérifier que c'en était bien. Avait respiré l'odeur amère. Hésité, avant de la goûter. Avait fermé les yeux et s'était massé les tempes, s'était mis à parler tout seul. Il n'y connaissait rien, à l'islam, mais tout de même, de la bière, c'était une sacrée épine soudain plantée dans sa théorie. Il était là, le cul par terre, devant ce frigo pour nains ouvert en grand, crachant sa lumière laiteuse, en train de se taper à petites gorgées la canette de bière de l'Arabe, ne comprenant plus rien. Lorsqu'il avait voulu se relever, son revolver était tombé de sa poche, au sol et il l'avait contemplé longtemps, comme s'il ne savait plus ce qu'il faisait là ou qui l'y avait glissé.

Pourtant, il ne pouvait y avoir de hasard. Il était venu pour tuer ce type et quelqu'un avait fait le boulot. Il était venu pour tuer ce type et il s'était trompé sur son compte, mais il ne pouvait y avoir de coïncidence. Si quelqu'un d'autre avait eu la même idée, c'était bien qu'il devait mourir. Une histoire de destin.

« Pete ? »

Il se redressa brusquement et sa chaise émit un craquement inquiétant. Ils le regardaient tous à présent. Ils souriaient pour le mettre en confiance. C'était le truc du groupe, sourire, écouter, on avait le droit de tout dire, les gens ne connaissaient que votre prénom. Pete ouvrit la bouche pour parler, mais aucun son ne sortit. Ses petits yeux tout bleus passaient de l'un à l'autre. Il aurait pu se mettre à baver. Il a fini par bredouiller qu'il était désolé, qu'il n'était pas très bien en ce moment. Il s'est levé. Franck aussi.

« Tu veux en parler ?

– Non. Je vais aller me reposer. Je reviendrai, la semaine prochaine, peut-être. »

Sur le seuil de la porte, il s'est retourné, parce que personne ne parlait plus. Il sentait bien que tous le regardaient encore, attendaient une explication, quelque chose, qu'il leur dise seulement au revoir, qu'il ait un geste rassurant. Les gens qui vont mal finissent par foutre la trouille, c'est très communicatif.

« J'ai failli tuer quelqu'un. Et le pire, c'est que finalement il est mort quand même. »

Puis il a disparu.

Ce type dans l'immeuble avec sa casquette des Mets et son tee-shirt à capuche, ce petit *ganger* de merde avec son gros flingue carré et ses tatouages, avait accompli son boulot à lui, sa mission, sa résolution secrète. Cependant, il n'en avait parlé à personne, pas même à sa sœur. Comment le gars avait-il deviné ses intentions ? Il ne pouvait y avoir de coïncidence. Ce mec était une espèce d'ange de la mort, voilà ce que se disait Pete. De combien de gens avait-il souhaité la mort, depuis deux ans ?

Le Jeu avait repris de plus belle depuis qu'il tenait les coins de rue. La plupart du temps, lorsqu'une voiture de police passait devant eux au ralenti, il suffisait de faire profil bas, les gars qui discutent sur un bout de trottoir, parfois même ils leur faisaient un signe de la main, comme un bonjour familier. Une voiture seule ne leur causait jamais d'ennuis, il y avait trop d'issues par les allées de ronces et les jardins de derrière, trop de rues par où s'échapper en courant, au moindre signe. D'ailleurs, les voitures seules ne faisaient que longer l'avenue.

Lorsqu'il y avait une vraie descente, il y en avait toujours deux en plus, qui arrivaient par les rues, à la perpendiculaire, histoire de boucler le pâté de maisons, pendant que la troisième s'arrêtait en donnant un coup de sirène, montant sur le trottoir en braquant brusquement pour bloquer au moins une retraite. Mais même ainsi, c'était toujours une ou deux secondes trop tard. Les gamins s'engouffraient en courant dans les allées, au pire ils jetaient la dope un peu plus loin. Les plus grands restaient là, à se faire malmener. Mains en l'air, puis dans le dos, le visage écrasé contre le mur, les menottes serrées au maximum pour que ça fasse un peu mal, en train de gueuler qu'on ne respectait pas leurs droits civiques, qu'ils n'avaient rien dans les poches. On retrouvait quand même de l'argent, des petits paquets de billets chiffonnés, pliés en huit, jamais de grosses sommes, on les leur agitait sous le nez et ils gueulaient de plus belle.

« C'est mon fric ! Vous n'avez pas le droit de me le piquer ! Vous débarquez là avec vos uniformes et vous nous volez, c'est ça ? Vous pouvez prendre notre fric ? On n'a rien fait, nous. C'est notre argent, c'est tout.

– Tu vends de la drogue.

– J'en ai pas sur moi. C'est pas vrai.

– C'est ce qu'on verra au poste.

– Ouais, c'est ce qu'on verra. Moi je suis juste là, avec mes potes, on fait rien de mal. En attendant, gros bâtard, toi tu vas me voler mon pognon parce que t'as une arme et… »

Une baffe. On remonte un peu les bras dans le dos. La voix fait « Couic ! » comme un hamster qu'on aurait étranglé sans le prévenir. Tout le monde en voiture. Et ça continue à parler fort pendant tout le trajet, ça ne s'arrête même pas au commissariat, jusqu'à ce qu'ils soient chacun seul en face d'un sergent. Alors, on enlève les pinces, on s'assoit.

« T'es nouveau ?

– Non monsieur. J'ai seize ans.

– Très drôle. Je ne savais pas que c'était russe, ce coin-là.

– Je vous jure, on était juste là, à discuter, moi je vais jamais dans ces coins-là, comme vous dites. Vos collègues ils nous sont tombés dessus parce qu'ils nous ont pris pour des Portoricains, je crois.

– Non, je crois pas. Tu vas me laisser tes empreintes sur cette fiche, et je vais chercher ton identité dans le fichier.

– Et après je pourrai partir ?

– Si tout est en règle, oui.

– Et pour mon argent ? Comment je vais rentrer chez moi ? J'ai même pas un ticket de métro.

– Va te faire foutre. »

Devant le commissariat, à côté du feu rouge, il y avait une poubelle dans laquelle il balança son téléphone portable. Puis il se mit à marcher, doucement, les mains dans les poches.

Normalement, les flics ne bossent pas le week-end. Enfin, en tout cas, ils ne devraient pas sonner à votre porte, ce n'est pas un truc à quoi on s'attend le week-end. Mais O'Malley devait boucler cette affaire avant lundi, parce qu'il y aurait une conférence de presse. Lui, un représentant du bureau du maire, un gradé de la police municipale. Il ne savait pas du tout encore ce qu'il pourrait bien dire aux journalistes. Alors, il avait remis, ce samedi, son costume sombre et sa cravate rouge, il avait pris sa voiture et malgré la chaleur, la fatigue de la semaine et la lassitude du boulot, malgré son intime conviction qu'il n'y avait plus rien à en tirer, il avait de nouveau franchi le tunnel vers Brooklyn, s'était rendu chez Candice.

Lorsqu'elle ouvrit la porte, elle eut un mouvement de recul. En entendant la sonnerie, elle avait pensé que c'était peut-être un voisin, elle n'avait pas prévu de recevoir de colis, de livraison ou ce genre de chose. Il était là, tout droit comme un piquet, il plissait les yeux parce que le couloir était sombre et qu'il arrivait du dehors, de la rue baignée d'une lumière déjà blanche et chaude. Il ne transpirait même pas.

Simon était dans la cuisine, derrière elle, surveillait le filtre de la cafetière dans lequel il mettait toujours trop de café, et qui menaçait de déborder. Il se retourna lorsqu'il l'entendit inviter O'Malley à entrer dans l'appartement. Lui aussi remarqua le costume noir et la cravate. Son air sec et las, un peu détaché. Son regard qui survolait la pièce, habitué à détailler les choses, à s'en faire une idée. Il pensa que c'était peut-être le propriétaire, ou le gars de l'agence immobilière, s'avança pour lui serrer la main, ce que Candice n'avait pas fait lorsqu'il était entré.

«Commandant O'Malley, FBI.»

Simon regarda Candice qui regardait le dos de l'homme, sa veste froissée dans le bas par la voiture. Il sortit du placard un troisième *mug*.

«Je suis vraiment désolé de venir frapper à votre porte un samedi, mais je dois boucler cette enquête et nous n'avançons pas beaucoup.»

Il resta debout, à côté de la table, jusqu'à ce que Simon lui propose de s'asseoir. Candice fit de même, en face de lui. Elle n'avait toujours pas dit un mot.

«Écoutez. Je ne veux pas vous mettre dans l'embarras. Vous m'avez dit l'autre jour ce que vous saviez, à propos de cette altercation, au bar. Mais je voudrais connaître votre sentiment. Je vais être franc avec vous. On a très peu d'éléments sur le cadavre. On ne sait même pas où ce type habitait. Pour l'instant, la seule chose significative qui soit dans le dossier, c'est cette bagarre. Alors, je suis venu savoir ce que vous en pensiez. Si ce gars, ce Pete, si je finis par l'arrêter parce que c'est mon seul suspect objectif, s'il y a un procès, on vous demandera de témoigner, et le procureur vous posera la même question. Non seulement ce que vous avez vu, et qui est déjà dans les rapports de police, mais ce que vous en pensez. Je ne veux pas vous déranger longtemps.

– Je n'en pense rien, commandant. Je n'ai pas le droit de dire ce que j'en pense.

– Ce n'est pas pareil. On vous le demandera, cependant.

– Vous n'avez que ça ? Une bagarre et mon sentiment ?

– C'est souvent le cas. On a de petits éléments. On a ce qu'on sait sur Pete, son comportement violent, son histoire à lui. On a son absence d'alibi pour le soir du meurtre. Des témoignages sur son état d'ébriété, ce soir-là, ce qu'il a consommé chez Toni. On a des indications de voisins sur ses déplacements en voiture, des allées et venues, qui collent à peu près avec l'horaire du crime. Il nous manque juste de savoir où il est allé, précisément, mais on finira par le connaître aussi. Les gens sont attentifs aux voitures, vous savez, et la sienne n'est pas récente. »

Simon demanda des explications sur leur conversation, et O'Malley lui répondit. En parlant, il faisait tourner doucement son *mug* sur lui-même en l'effleurant du bout des doigts. Il levait parfois son regard vers Candice comme s'il épiait un signe de sa part, pendant qu'il retraçait les faits, la bagarre, racontant ce qu'elle lui avait dit et lui donnant en quelque sorte un rôle dans cette histoire, comme s'il se fût agi d'une autre personne qui n'était pas dans la pièce. Candice ne bronchait pas. Simon posa quelques questions sur ce Pete, se demanda s'il était possible que ce fût le même homme que celui du groupe de parole. Les récits collaient parfaitement, et il se demanda aussi quelle coïncidence serait la plus extraordinaire : que ce soit le même homme, et tous les soupçons que cela impliquait, y compris de savoir s'il devait dire, lui, ce qu'il en savait, ce qu'il en pensait, qu'en fait il l'avait entendu parler de meurtre. Est-ce que c'était cela, le plus extraordinaire, ou justement que ce ne soit pas lui, et qu'il soit tombé sur un autre Pete qui aurait vécu exactement la même chose ? Est-ce qu'ils connaissent le même Pete sans le savoir, Candice et lui, qu'ils étaient en quelque sorte témoins dans la même affaire sans le savoir, lui de façon clandestine, si l'on peut dire, ou est-ce qu'ils connaissaient chacun un Pete qui s'était battu dans un bar et qui était peut-être impliqué dans un meurtre ? Combien y avait-il de Pete à New York ? Combien à Ground Zero ? Bien sûr, il ne dit rien de son histoire à lui.

Ses questions laissèrent juste à Candice le temps de réfléchir un peu. Puis la cafetière déborda, comme prévu. Simon se précipita. O'Malley termina son récit en haussant un peu la voix pour qu'il entende.

« Et finalement nous avons le cadavre de ce pauvre type, sur le chantier, vendredi dernier.

– Je l'ai vu, intervint Candice.

– Comment cela ?

– Je suis passée par hasard devant Ground Zero vendredi dernier, au moment où il y avait la police et le fourgon de l'ambulance et tout ça. Je l'ai vu.

– Et vous l'avez reconnu ? Vous avez pensé à quoi ?

– J'ai pensé… Évidemment, j'ai pensé à Pete. C'est ce que vous voulez entendre ? Mais j'ai pensé à Pete parce que la seule fois où j'avais vu ce type, avant, c'était avec Pete et il y avait eu cette bagarre.

Ça ne veut pas dire qu'il l'ait tué. C'est une simple coïncidence.

– Oh, vous savez, tout est toujours affaire de coïncidences. Qu'ils se soient trouvés tous deux, sur le chantier. Qu'ils se soient rencontrés dans un bar, à Brooklyn, qu'ils s'y soient battus. Qu'ils se soient recroisés ensuite et qu'il l'ait tué, ou pas, d'une certaine manière ce fut aussi, sans doute, une coïncidence. Revenons sur le soir du bar. Vous l'aviez trouvé comment ?

– Pete avait un peu bu. Je vous l'ai déjà dit.

– Pas Pete. L'autre gars.

– Je ne comprends pas.

– Eh bien, quand vous l'avez vu. Quand il vous a commandé un verre. Qu'est-ce que vous vous êtes dit ? Avant l'altercation. Est-ce que vous avez pensé que ce type était bizarre, ou louche, ou déplaisant d'une manière ou d'une autre ? Quand on s'est rencontrés, vous et moi, l'autre jour, vous m'avez dit qu'il était musulman et que c'était peut-être un terroriste. Mais il y a entre deux et quatre millions de musulmans aux États-Unis et, Dieu merci, ce ne sont pas tous des terroristes. Alors est-ce que ce sont des choses qui vous ont traversé l'esprit, avant que Pete en parle ?

– Bien sûr que non. Ce n'est pas marqué sur la tête des gens.

– Comme vous dites. Pourtant, cela simplifierait beaucoup notre travail, mais ce n'est pas le cas, vous avez raison. Je peux même vous le dire, je suis payé pour le savoir : la vérité n'est presque jamais ce qu'elle paraît. Alors, à quoi avez-vous pensé ?

– Il était poli, plutôt gentil.

– Moi, je l'ai vu de près, à la morgue. Ce n'est pas pareil, c'est sûr. Mais j'ai souvent remarqué que les visages mentaient moins quand ils étaient morts. Ils ne cherchent pas à plaire, ou à faire un effet. Ils ne savent même pas qu'on les regarde. J'ai trouvé qu'il avait l'air étonné. C'était frappant. Il avait, mort, un visage étonné. Il était comme nous, en somme. Il ne s'attendait pas à mourir. Le vendredi matin, vous avez pensé à quoi ? Sur le chantier. Sur le site de Ground Zero, l'attentat, vous avez pensé à quoi en le voyant, là, dans ce qui n'est plus tout à fait les décombres du World Trade, mais qui y ressemble encore sacrément, vous avez pensé à quoi quand vous l'avez vu ?

– Mon mari. J'ai pensé aux glaciers qui ramènent les corps des alpinistes, des années plus tard. »

D'une façon tout à fait inattendue pour Simon, Candice s'est mise à renifler et s'est frotté les yeux du dos de la main, comme si elle pleurait, à l'intérieur. C'était des pleurs sans larmes, très silencieux.

Il raccompagna O'Malley jusqu'à la porte. Il faisait une tête complètement ahurie et un peu gênée. Il ignorait tout de ce cadavre, sur le chantier, comme de toute cette histoire, de Gregg comme de Candice en général. C'était étrange de voir ce gars en costume se pointer. Il ne transpirait même pas et il en savait plus que lui. Il a donné à O'Malley une main molle, sur le seuil. Le commandant du FBI lui sourit et parla par-dessus son épaule, comme s'il était un enfant.

« Je suis désolé, Mademoiselle. Je remue de mauvais souvenirs. Ce n'est pas la peine de vous tourmenter avec ça. Vous savez, pour Pete, pour mon homme, pour vous aussi sans doute qui n'aviez rien à faire dans cette histoire, c'est juste, comme on dit, le mauvais endroit, au mauvais moment. Je suis persuadé qu'il ne l'a pas tué. On se bat contre des coïncidences. Allez comprendre. »

Simon était encore là quand la porte s'est refermée. Candice l'a regardé s'approcher. Elle aurait voulu lui dire quelque chose. S'expliquer. Elle ne savait pas par quoi commencer. Il faudrait une vie, pour raconter une vie. Alors, elle n'a rien dit. Elle s'est cachée dans ses bras, la tête dans le creux de son épaule. C'est tout ce qu'il pouvait faire, lui. La prendre dans ses bras. Ne pas lui poser de questions. Être là. Tout seul, avec elle. Enfin s'arrêter, peut-être, se faire un chez-soi de cette drôle de fille. Simon pressa son visage dans la masse de ses cheveux. Il ferma les yeux à son tour et la serra plus fort contre lui. Respira, dans l'épaisseur de ses boucles, une odeur de shampooing passé et de cire, déjà familière, comme un cher souvenir.

On a tous nos fantômes.

Il n'y a pas de vérité sans lumière, et pas de lumière sans ombre.

Ce qui rend le récit de ce qu'on a vécu impossible, c'est qu'on y attache toujours une part de culpabilité. Puisque ça nous concerne, il a bien fallu qu'on y soit pour quelque chose. Dès lors, le moindre souvenir devient un aveu.

On regarde les tours qui s'effondrent en silence, dans un écran de télévision tout bleu.

Cela semble gratuit. Vain. Personne ne peut revendiquer ça au nom d'aucune justice ou d'aucune vérité. On dit : « Dieu ne peut pas se déclarer la guerre. » Nous, oui. On pense à un suicide. Et elles tombent, l'une après l'autre.

On pense à un film, on pense que ce n'est pas vrai. Ce qui est incroyable, ce n'est pas que les tours s'effondrent, c'est qu'elles le fassent comme dans un film. Comme si le monde se déroulait, soudain, enfin sans nous. Elles n'ont jamais été aussi réelles qu'au moment où elles disparaissent. Et elles tombent, elles tombent.

On est désolé. De tout ce qu'on aurait pu faire, peut-être. De tout ce qu'on va devoir faire, sans doute. On est désolé d'être aussi indécis. Il faudrait réfléchir très vite. Elles tombent.

Elles n'en finissent plus de disparaître.

On regarde les tours qui s'effondrent en silence, dans un écran de télévision tout bleu.

« Je savais que je vous trouverais là, Pete.

– C'est ici que je termine ma visite, tous les jours.

– Mais nous sommes dimanche.

– Tout est plus calme. Dieu se repose.

– Il contemple son œuvre. »

Leurs deux visages se reflétaient dans le verre bleuté de la baie en surplomb de Ground Zero. Le chantier était désert. O'Malley se tenait légèrement derrière Pete, mais celui-ci n'avait pas eu besoin de se retourner pour le reconnaître. La tête fine et longue du commandant était apparue dans la vitre, à côté de la sienne, comme une flamme sortant de l'ombre, un spectre venu le tourmenter.

« Pourquoi ne m'avez-vous pas appelé ? Pourquoi être allé hier au commissariat, pour raconter tout ça ?

– J'ai dit ce que je savais. Mon devoir de citoyen, je suppose. Je suis étonné qu'on vous ait déjà transmis ma déposition.

– Procédure. C'est le FBI qui est en charge.

– Vos hommes doivent être là-bas en train de relever des empreintes.

– Depuis ce matin. Pete, pourquoi vous êtes allé vous fourrer comme ça dans la gueule du loup ? C'était stupide, d'aller tout leur raconter.

– Je pensais que vous alliez me reprocher plutôt d'avoir essayé de tuer ce type. Vous ne voulez plus trouver le meurtrier ?

– Vous savez très bien ce qui va se passer, Pete.

– Eh ! »

O'Malley se rapprocha. Ils étaient à présent côte à côte. Face à leurs portraits reflétés en filigrane. Ils n'étaient qu'à quelques centimètres l'un de l'autre, leurs épaules auraient pu se toucher. Ils parlaient en regardant droit devant eux, comme si ce fût pour eux-mêmes ou, plus loin, derrière le verre, pour le chantier, pour le cratère, pour la désolation, ce désert.

« Vous êtes un ancien flic, Pete. Ce type que vous décrivez dans votre déposition d'hier, jeune, avec son sweat et sa casquette des Mets, son allure de gangster ou de n'importe quel jeune, d'ailleurs, comme il y en a des centaines, peut-être des milliers à New York, prêts à porter un flingue et à jouer les soldats parce que c'est un boulot comme un autre, quand on n'a pas de boulot, ce type vous savez bien qu'on n'a presque aucune chance de mettre la main dessus.

– Ça ne change pas grand-chose, pour moi. Faites votre travail.

– Pete, oh Pete. Qu'est-ce qui va rester, dans les rapports, quand votre mec sera officiellement l'homme invisible ? Vos déclarations, vous situant sur les lieux du crime. Peut-être même vos empreintes. Des témoins, qui vous voient entrer et sortir. Le fait que vous ayez accès au chantier. La main courante et votre nuit au poste, à propos de la bagarre. Vos accusations et vos menaces. Pourquoi, Pete, pourquoi ?

– Si j'avais pu le tuer, je l'aurais fait, commandant, et je serais sans doute venu vous le dire aussi.

– Mais vous ne l'avez pas fait. Et maintenant vous allez payer pour une histoire qui ne vous regarde même pas. Même si vous trouvez les moyens de vous payer un avocat, même s'il arrive à instiller le doute, à montrer les quelques incohérences de cette affaire, vous perdrez votre job. Votre réputation sera salie. Vous vous foutez en l'air, avec ce témoignage. Et vous le savez.

– Et ça ? C'est ça, qui m'a foutu en l'air. Qui va payer, pour ça ? »

Il s'était retourné vers O'Malley. Campé sur ses grosses guiboles qui dépassaient du short, si près de lui, le doublant d'une bonne tête et deux fois plus large, au moins, si bien que le commandant dut lutter pour ne pas faire, machinalement, un pas en arrière. Sa main s'était collée à la vitre tout entière, à plat, désignant le site.

« Vous vous êtes trompé, pour ça aussi. Ce n'était pas un terroriste. Juste un clandestin.

– Vous croyez que je n'y ai pas réfléchi ? Vous y êtes allé, avec vos hommes, dans sa tanière ce matin ? Vous connaissez ces quartiers ? Ces jeunes, ces gangs dont vous parlez de haut, tous ces hommes invisibles, comme vous dites, toute cette merde bien de chez nous, les drogués, les dealers, les petits criminels qui peuvent tuer sans qu'on les retrouve, juste pour régler un compte, une dette, je ne sais quoi, cette espèce de cancer qui nous pourrit, vous croyez que ce n'est pas ça, le terrorisme ? Vous êtes du FBI, franchement, vous n'allez pas me la faire. Le 11 Septembre, c'est pas une bande de culs-terreux, dans les montagnes afghanes, avec des lance-roquettes bricolés dans des gouttières. Bien sûr que ce n'était pas un terroriste. Mais c'est qui, alors, les terroristes ? Ben Laden est riche à milliards, il voyage en jet et se fait soigner en Suisse. Les islamistes radicaux ont des chaînes de télé, des partis politiques. La Mecque déplace plus de gens tous les ans que si on annonçait un concert d'Elvis. On vit dans le même monde, nom de Dieu ! C'est qui, les terroristes ? Regardez ça. »

Sur le site aveuglant sous le soleil de début d'après-midi, le béton paraissait presque blanc. Les pelleteuses à chenilles et les bulls, les camions et toutes les machines, arrêtés là où ils en étaient de leur office, la veille au soir, paraissaient abandonnés depuis des siècles, en travers de leur chemin, au milieu de nulle part, simples carcasses dans le désert. On voyait fumer des cheminées de travaux, çà et là, parmi les blocs immenses, plantés dans la dalle en quinconce. On commençait à peine à combler le niveau souterrain du métro, qu'on devinait encore aux tunnels sectionnés nets, qui s'arrêtaient au bord du vide, et dont dépassaient des lambeaux de structure arrachés, poutres d'acier tordues qui semblaient, de loin, une simple ossature fichée dans la terre comme le treillis de paille d'un matériau armé.

« Vous étiez où, Pete, ce jour-là ?

– Derrière, là-bas. » Il fit un signe vague de la tête, cessa de regarder O'Malley dans les yeux. « Au premier *checkpoint*, sur Broadway. On avait laissé les voitures au garage. On allait prendre le service quand c'est arrivé. Nous, on n'a pas compris tout de suite, on n'avait pas vu les images de l'avion. On s'est retrouvés à courir au milieu de l'avenue, sans trop savoir ce qui se passait. Un camion de pompiers nous ouvrait la voie, en sens inverse, pour forcer les voitures à s'arrêter. On a dressé des barrières de fortune avec le matériel qu'on avait sous la main, essentiellement des plots, au début. Des compagnies entières se sont mises à débarquer.

Elles allaient dans tous les coins, et chaque fois c'était le même cirque, on se demandait entre gars si quelqu'un savait ce qui se passait, et personne n'en savait rien, un incendie au World Trade, sauf que ça avait l'air drôlement grave. On a détourné la circulation et ça a commencé à être un bordel incroyable. Des gradés arrivaient toutes les cinq minutes avec de nouvelles instructions, mais personne ne s'engueulait. Et puis les secours passaient, des ambulances, des pompiers, il n'y avait plus que des sirènes, sur Broadway au sud de Times Square, c'était une espèce d'embouteillage de gyrophares et de sirènes. Nous, on n'avait toujours pas trop d'informations, mais rien que de voir l'ampleur que ça prenait, on ne faisait pas les malins. Il y avait déjà toute cette fumée qui s'échappait de la tour nord, ça formait un nuage qui devenait beaucoup plus gros qu'elle, on ne voyait que ça, de loin, et je vous assure que ce n'était encore rien. Il y avait plein de gens à pied, qui étaient là, dans les rues avec nous, qui regardaient le ciel, comme ça, comme nous, on essayait de les orienter vers l'est, mais qu'est-ce que vous vouliez faire, on était tous là, incrédules, au milieu du bruit des sirènes, ça commençait à sentir le feu, aussi, et la peur.

« Alors, il y a eu les premiers gars qui couraient. Au début, tout le monde sortait pour voir, il fallait empêcher les gens d'approcher, enfin le leur demander parce qu'ils faisaient ce qu'ils voulaient, et puis soudain ça s'est inversé. Les premiers gars qui fuyaient. Ils disaient qu'il y avait deux avions, que les deux tours étaient touchées. On s'est mis à attendre d'autres instructions. On ne savait rien, à part qu'on voyait plus de fumée, tellement que de là où on était ça cachait le sommet des tours, il y en avait un sacré paquet, c'est certain, mais

deux avions, ça paraissait fou. Il y avait eu tellement
de bruits contraires, de rumeurs, d'ordres et de contre-
ordres, tellement de sirènes et de klaxons, et nous une
dizaine à faire la circulation avec des plots de travaux
et des gilets jaunes, des sifflets qu'on entendait à peine,
et des gradés qui passaient de temps en temps dans
une voiture vitres ouvertes et nous gueulaient de faire
ci ou ça, de calmer les gens, ben voyons, d'interdire
l'accès, de détourner le trafic vers l'est et le Brooklyn
Bridge. Les premiers gars qui couraient, on ne les a pas
crus vraiment quand ils nous ont dit que les deux tours
étaient touchées. C'était incroyable. Ça sortait de tous
les buildings, et ça courait, ça s'arrêtait, les gens s'in-
terpellaient pour tenter d'en apprendre un peu plus, ils
nous demandaient à nous, vu qu'on était en uniforme,
et on ne savait pas. C'était une vraie foule, sur le sud
de Broadway, comme pendant les brocantes de l'été,
nous étions complètement dépassés. Deux fourgons
anti-émeutes se sont pointés presque en même temps.
Ils ont organisé le carrefour, mieux que nous, c'était sûr,
avec des barrières et tout ce qu'il faut. Notre capitaine
a demandé ce qu'on devenait, maintenant qu'ils étaient
là, et ils lui ont dit de nous rendre au World Trade,
de nous mettre à la disposition des secours. Il n'avait
même pas trente ans, notre capitaine. Ça se voyait qu'il
avait les foies, mais nous aussi, alors on a couru derrière
lui, on y est allés.

    «C'est là que la tour sud s'est effondrée. On com-
mençait à peine à la voir, au bout de la rue. Il y avait
encore des civils partout, sur les trottoirs. Elle s'est
effondrée et c'était comme la fin du monde. Tout
s'est arrêté de courir ou de marcher, dans un bruit
assourdissant. Le nuage s'est engouffré dans la rue,

haut comme un immeuble, avec ses grosses volutes qui moutonnaient devant comme de la mousse et je voyais disparaître, un à un, les buildings, les voitures, les gens comme s'ils se faisaient avaler. Il y en avait qui se recroquevillaient. La plupart se retournaient en se protégeant la tête. Ils regardaient vers nous, vers l'autre bout de la rue encore libre, comme dans les cauchemars où l'on sait qu'on n'y arrivera pas, ils criaient et on ne les entendait pas dans le fracas du souffle, et chacun se retournait et regardait vers ceux de derrière, avant de disparaître, et ceux-là faisaient la même chose, nous aussi, et c'était horrible de voir tous ces gens terrorisés se tourner vers nous avant d'être avalés par le nuage, et d'être obligés de leur tourner le dos à notre tour, comme une immense chaîne de désespoir.

« On n'a plus rien vu pendant longtemps, et puis on s'est remis en marche, au jugé, dans une espèce de brouillard de poussière. On relevait les gens et on leur indiquait la direction du *checkpoint*. On les accompagnait quand ils avaient du mal à marcher, si bien que notre groupe s'est vite perdu de vue. Ce dont je me souviens le plus, de ce moment-là, commandant, c'est l'odeur. Une odeur insoutenable, je ne peux même pas dire ce que c'était, ce qui peut produire une odeur pareille en brûlant. J'ai vomi, comme ça, dans la rue, c'était trop fort, ça piquait tellement la gorge que je suis parti dans une quinte de toux et j'ai vomi, pas possible de me retenir, ni par le nez ni par la bouche quand j'essayais de reprendre de l'air, impossible sans que ça me monte au cœur. J'ai vomi et je l'ai laissé là, mon cœur, sur la route, en train de crachoter de la bile et de la poussière, c'est l'impression que ça m'a fait. Une femme m'a redressé, en me tenant par les épaules, elle m'a demandé si ça allait. Elle était blanche des pieds à la tête, les yeux tout rouges et je me suis dit que je devais être pareil. Elle m'a dit, je m'en vais, et elle m'a donné son foulard pour m'essuyer. Je l'ai noué, j'ai pu respirer au travers, parce qu'il était parfumé. Je me suis remis à avancer. J'avais perdu mon capitaine. Je me suis rendu au premier attroupement qui ressemblait à un poste de secours. Il y avait surtout des pompiers et c'était la merde, mon commandant. Tout le monde gueulait dans son talkie-walkie et les ordres n'arrivaient pas.

«On n'envoyait plus personne dans la tour nord. Il n'y avait plus que les escaliers. On avait fait appel à des volontaires et, mon Dieu, il y en avait eu, les derniers venaient de partir. Des pompiers surtout, et puis de simples flics, comme moi, des collègues. Quand je suis arrivé, on n'y envoyait plus personne. On secourait les civils qu'on trouvait, mais impossible encore d'aller fouiller les décombres, pourtant il devait bien y avoir quelques survivants, au début. On avait délimité un périmètre interdit, à cause des incendies et des risques d'effondrement de la tour nord. Et on est restés là. Comment vous dire? On est restés à attendre qu'elle tombe à son tour, avec les gars qu'on y avait envoyés, priant seulement pour qu'ils aient le temps d'en ressortir. Et il en ressortait. Des civils, et des flics ou des pompiers, de temps en temps, qui soutenaient quelqu'un et venaient faire le point avec les secours, en bas. Ils allaient jusqu'aux ambulances. On les débarbouillait un peu et on leur donnait de l'eau. Ils toussaient comme des phtisiques. Ils étaient tout gris. Ils allaient pour y retourner, et le plus gradé dans le coin leur disait non, toi maintenant tu restes ici, et le gars disait en chialant qu'il y avait encore des gens, que ses copains étaient encore là-haut, et l'autre était obligé de le secouer par les épaules et de lui dire que c'était un ordre. Alors, ils se regardaient en silence. Ça voulait dire que les copains allaient mourir, qu'on ne pouvait plus rien faire. J'ai jamais vu autant d'hommes pleurer. C'était physique. C'était la fatigue aussi et l'odeur qui piquait la gorge.

« Je peux pas vous dire l'impression que ça fait, même là, d'en reparler. On les a regardés mourir. » La voix de Pete s'étrangla et il se retourna vers la vitre, les deux mains dessus, le front aussi, les yeux collés tout contre qui devaient se voir, et le trou derrière. Puis il continua son récit d'une voix blanche. « On nous a distribué des masques et des casques genre chantier. Chacun s'est retrouvé affecté à un petit carré de gravats avec d'autres gars. Au moment d'y aller on nous a donné des consignes, de pas descendre seul dans une fissure, de jamais perdre de vue au moins un autre bonhomme, de ne pas bouger les blessés si on en trouvait, le colonel de la caserne a ajouté d'ouvrir l'œil, qu'il voulait pas de pilleurs de cadavres. Mon Dieu ! C'était l'enfer, c'est sûr, ça doit pas être différent, l'enfer.

« Ça devait faire quelques heures. J'étais encore sur la périphérie. On retrouvait des gens qui avaient été soufflés par l'effondrement, qui s'étaient retrouvés sous des décombres, blessés ou inconscients, ou morts. Beaucoup de gars à nous, évidemment. On y voyait de nouveau, mais l'odeur était toujours aussi forte et on était pas mal, de ceux qui étaient là depuis le matin, à cracher nos poumons dans la poussière. Je dis poussière, mais ça ne ressemblait à rien, même pas à du plâtre, une espèce de sable gris, très fin, ça volait encore partout, du béton pulvérisé et des cendres, même pas de la terre. On allait un peu au hasard, on se fiait aux bruits, on n'avançait pas vite.

« J'ai vu un type, à quelques mètres de moi, penché sur un corps. Je ne le voyais pas bien, il était de dos, mais j'aurais pu jurer qu'il avait les mains sous la veste du gars, il était penché sur lui, à genoux, comme s'il lui faisait les poches. J'ai pas réfléchi. Je me suis amené et avant qu'il se retourne je lui ai balancé un grand coup dans le flanc, à lui péter les côtes, de toutes mes forces, ça l'a fait valdinguer sur le côté. Il m'a regardé avec un air effrayé et il avait bien raison, parce que j'étais décidé à le cogner, ce salaud, j'ai fait un pas vers lui. Puis j'ai vu son stéthoscope. Il le tenait devant lui comme un crucifix, incapable de parler. Je lui avais coupé le souffle en le savatant. C'était un médecin, il était en train d'ausculter l'autre. J'ai voulu m'excuser, mais je ne trouvais rien à dire, alors je l'ai juste aidé à se relever en se tenant le bide. C'est lui qui a vu que je crachais du sang quand je toussais. J'ai fini la journée à l'hosto, et les jours qui suivaient. Des collègues sont passés me voir et j'ai appris, comme ça, de loin, ceux qui y étaient restés. Le petit capitaine, il avait couru tout droit à la tour nord. Quand je suis sorti, on m'a remis une médaille. Vous imaginez ? Une médaille. À courir dans la rue pendant que la tour sud s'enfonce dans un nuage et disparaît. À chercher mon équipe dans le brouillard. À donner des bouteilles d'eau à ceux qui en revenaient. Attendre que les autres meurent. À avancer à deux à l'heure mon gros cul dans les décombres en ne croisant que des morts et des estropiés. À tabasser le premier toubib que je croise en le prenant pour un pilleur et finir à l'hosto avec un masque, à serrer mes draps bleus en regardant CNN. Une médaille.

«Oh, nom de Dieu, commandant, vous vous rendez compte? J'étais à l'hosto. Vous pouvez comprendre ça, n'est-ce pas? Cette impression que j'ai, depuis, de ne jamais être où il faut. Comme si j'avais raté mon tour. Comme si je n'avais plus de place. Vous savez, comme si dans chaque vie il y avait, à un moment, un jour, une heure, un truc à ne pas louper, un instant où vous allez jouer votre destin sur un geste, l'instant crucial où c'est l'occasion de voir ce que vous avez vraiment dans le ventre, parce que tout ce que vous êtes, tout ce que vous avez appris, tout ce que vous vous êtes battu à construire depuis que vous êtes môme, tout ce que vous pensez être depuis toujours sans trop vous poser de questions, eh bien c'est le moment de le prouver, tout simplement, et après vous en aurez le cœur net, vous pourrez être sûr de vous, sûr de qui vous êtes, vous n'aurez plus qu'à agir toujours pareil en fonction de cette certitude-là, parce que, ce jour-là, vous ne pouviez pas tricher, et vous avez montré que vous en étiez capable, une fois, une putain de fois pour toutes, et moi je l'ai loupé. J'ai raté mon tour.

– Je suis désolé.

– Vous pouvez. Moi aussi, je suis bien désolé. Et je suis sûr que vous en avez une, vous aussi, de médaille.»

Il avait tourné la tête en disant cela, et de nouveau O'Malley avait dû réfréner un réflexe de recul. Ses petits yeux enfoncés, rougis, il les plissait dans le gras qui remontait avec ses pommettes et les faisait cligner sans arrêt, pour y contenir toute sa tristesse et sa colère, ça lui fronçait le nez et ça lui retournait la bouche de dégoût. Il ferma le poing et frappa contre la vitre. O'Malley sursauta.

« Ils ont déjà commencé à couler la dalle pour enterrer le métro provisoire. Un jour il ne restera plus rien. Un tombeau, un mausolée. Un monument de cimetière.

– Ça n'aurait rien racheté, de le tuer.

– Qui sait ?

– Le destin ne passe qu'une fois. Je suis désolé, Pete, on est des fantômes, c'est comme ça. On ne peut pas revenir échanger notre vie. Surtout pas par un sacrifice inutile. »

O'Malley sortit de la poche de son veston une enveloppe en kraft, pliée en deux, qu'il lui tendit sans le regarder dans les yeux, en visant juste sa main, glissant l'enveloppe dedans jusqu'à ce qu'elle se referme dessus, comme pour se dire adieu.

« Tenez. C'est votre déposition. Je n'en veux pas. »

Pete le regarda s'éloigner, descendre les escaliers, passer entre les tables de fer brossé du Winter Garden, sous les palmiers empotés gigantesques, au milieu des *brunchers* du dimanche. Puis il lui tourna le dos, retrouva dans la vitre bleutée son visage, simple reflet superposé, en filigrane du chantier, ses petits yeux rougis brillant dans les décombres au-delà de West Avenue, dans le cratère, si large qu'on pourrait y mettre un quartier.

On l'appelait Ground Zero, mais il était encore, à cette époque, bien au-dessous du niveau du sol. C'était un trou. Le monde et sa vie s'y étaient retournés comme un gant.

RÉALISATION : IGS-CP À L'ISLE-D'ESPAGNAC
IMPRESSION : CPI BRODARD ET TAUPIN À LA FLÈCHE
DÉPÔT LÉGAL : MARS 2014. N° 116662 (3003381)
IMPRIMÉ EN FRANCE

Éditions Points

Le catalogue complet de nos collections est sur Le Cercle Points, ainsi que des interviews de vos auteurs préférés, des jeux-concours, des conseils de lecture, des extraits en avant-première…

www.lecerclepoints.com